L'esprit

Commun

Guillaume Sourisseau

L'esprit commun

Titre : L'esprit commun
ISBN : 978-2-9582638-0-5
Version : Février 2022
Dépôt légal : mars 2022
Première Édition

L'esprit commun

Remerciements :

Hélène BUNEL : Relectrice

Matthias PEREZ : Relecteur

Je remercie mes amis qui m'ont encouragé et accompagné dans l'écriture de cet ouvrage.

L'esprit commun

Thomas Edison est né en 1847. Alors qu'il n'avait que 9 ans, il rentra un jour de l'école avec un mot de son instituteur à l'intention de sa mère, Nancy Elliot. Il se trouve qu'elle était une ancienne institutrice. Elle ouvre alors la lettre, se dispose devant son fils pour lui lire son contenu. Elle lit ainsi : "Votre fils est un génie. Cette école est trop petite pour lui et nous n'avons pas d'assez bons enseignants pour l'instruire. Veuillez le faire vous-même." Il continua ainsi ses enseignements aux côtés de sa mère. Quelques années plus tard, il devint le plus grand inventeur du XIXe siècle : Phonographie ; Ampoule ; Film ; Séparateur de minerai ; Compteur d'électricité ; etc. Il avait cumulé plus de 1000 brevets. Plus tard, sa mère décéda. En fouillant dans ses vieux souvenirs, il retrouva la fameuse lettre qu'il lui avait donnée petit. Il la lut. C'est alors qu'il découvrit ce qu'il y était véritablement écrit : "Votre fils est nul ! Il est déficient ! On détecte chez lui une maladie mentale. Nous n'autorisons plus votre fils à revenir à l'école." Il pleura des heures durant. Accablé de tristesse, il écrivit dans son journal : "Thomas Edison était un enfant nul et déficient, qui, grâce à une mère héroïque, est devenu le génie du siècle."

L'esprit commun

"Ne méprisez la sensibilité de personne. La sensibilité de chacun, c'est son génie"

Baudelaire

"Mes amis, retenez ceci, il n'y a ni mauvaises herbes ni mauvais hommes. Il n'y a que de mauvais cultivateurs."

Victor Hugo

"L'éducation ne se borne pas à l'enfance et à l'adolescence. L'enseignement ne se limite pas à l'école. Toute la vie, notre milieu est notre éducation, et un éducateur à la fois sévère et dangereux."

Paul Valéry

L'esprit commun

Avant-propos

Ce livre a été écrit deux fois. Ayant entamé son écriture en 2019, avec les quatre premiers chapitres et le terminant aujourd'hui (décembre 2021). J'aborde ici un thème qui me tient beaucoup à cœur, celui de l'avenir. Je traite aussi d'un champ de questionnement en rapport avec les conditions de vie de l'être humain de demain. Notre avenir est incertain, et j'en apporte ici ma vision si rien n'est fait pour protéger notre environnement. Je dresse ici la vision d'une dystopie se passant dans un avenir proche environnant les années 2050.

J'aborde également le sujet des fermes bioponiques, une nouvelle façon d'envisager l'agriculture en respectant les ressources limitées de la planète, notamment les réserves d'eau douce non-extensibles. On parle aussi de Bioponie.

Globalement, je base ce récit en fonction des prévisions de l'ONU et de la WWF. On dénombre de nombreux effets catastrophiques du réchauffement climatique et de la chute drastique de la biodiversité. L'homme ne peut pas vivre sans son environnement. Dans cet ouvrage, seule une petite poignée de privilégiés purent survivre, non sans sacrifices. On peut alors citer : réchauffement de la planète, fonte des pôles, pluies acides (atrophiant davantage le vivant), montée des eaux, pollution de l'air, chute de la biodiversité (cassant les chaînes d'interdépendance du vivant, causant sa disparition quasi totale), chute de la productivité agricole (rendant la culture en sol impossible), etc.

Tels sont les points sur lesquels j'insiste dans cet ouvrage (mis à part la montée des eaux).

Préface

L'homme est supérieur à l'animal, c'est un fait. Nous sommes la plus grande civilisation d'êtres vivants. Nous demeurons l'intelligence, nous formons les créateurs des plus grandes créations de ce monde. Les fusées, les ordinateurs, les vaccins, les biotechnologies. Nous demeurons grands et forts. Pourtant, notre réalité semble demeurer éphémère. Finalement, sommes-nous réellement les plus intelligents ? Sommes-nous destinés à la destruction ? Car en effet, malgré notre intelligence, nous détruisons notre planète. Nous l'entendons pleurer, sangloter sans rien faire. Dans ce récit, vous découvrirez l'histoire de Tom et de Jessie. Une histoire qui n'est pas sans surprise. En 2048, le monde changea et se transforma en une sphère anarchique. Les prévisions catastrophiques du début de l'an deux-mille se sont réalisées, la mort, la souffrance et le désespoir sont, à mes dépens, les mots-clefs de ce récit. L'homme est capable des plus grandes merveilles comme des pires horreurs, il peut représenter l'élégance comme le dégoût. La joie comme la tristesse, l'amour comme la haine. Mais retenez bien cette triste chose : il pense toujours agir en toute rationalité.

Table des chapitres

L'esprit commun

Chapitre I : L'illusion du temps

J'entends cette musique tourner dans ma tête, elle m'observe, et je l'observe également. Elle ne me déplaît pas, elle m'intrigue, me fait me questionner sur beaucoup de choses. De bonnes choses comme de mauvaises. La plupart du temps, j'imagine de belles histoires. Mais lorsqu'elle tourne vers les graves, comme un nuage cachant les faisceaux de lumière du soleil chaud, et la pluie se met soudainement à courir, comme pour se sauver des moutons, et pour danser dans le ciel puis dans une valse tristement merveilleuse, venir finir sa course sur le sol, je me mets alors à imaginer les pires choses. C'est plus fort que moi, je pense. Ou peut-être pas ! A vrai dire, je n'ai jamais essayé de lui résister. Je pense à la souffrance de tous ces pauvres gens, la vie leur a jeté un sort. D'ailleurs la vie ? Quelle vie ? La semaine dernière, nous avons vu un lapin gambader dans les poubelles. Ça a fait l'animation pendant plus de huit heures. Je n'en avais jamais vu de ma vie, seulement dans d'anciens livres. Jessie, ma sœur s'en est émerveillée pendant longtemps, si longtemps que nous en avions oublié d'aller travailler. Nous avons dû présenter des excuses à Madame Clower, notre responsable de secteur de conservation. Plus personne ne possède de maison aujourd'hui, nous devons tous vivre dans leurs tours de conservation, pour ne pas respirer l'air de l'extérieur trop longtemps. Seuls les riches ont le droit d'avoir leurs propres tours, évidemment, ce sont des riches... Mais on s'entend plutôt bien avec les gens de notre tour. On doit être plus de deux-cent-vingt-mille dans la tour, et c'est grand, un peu trop d'ailleurs. Madame Clower arrive ! Elle entre dans la chambre en poussant lourdement la porte de métal, et me regarde avec son air énervé, fâché. Elle n'est pas très gentille, et nous punit souvent pour des choses peu importantes. La dernière fois, c'était à cause du bois. Nous n'avions pas recyclé assez de bois pour se réchauffer lorsque les chauffeurs étaient en panne. Nous sommes supposés travailler, elle dit que c'est important pour l'avenir de la planète mais je ne la crois pas. C'est plutôt pour ne pas faire couler la tour. C'est l'État qui finance nos services, on doit donc travailler plus de dix heures par jour pour avoir le droit de rester. Ce que nous ne sommes pas en train de faire d'ailleurs. Je vois son visage se décomposer, elle s'apprête à crier, ou peut-être ne va-t-elle pas le faire. On ne peut jamais savoir, elle est si imprévisible. Ça ne manque pas pour cette fois, elle commence à crier. Elle me dit : "ne devriez-vous pas travailler à cette heure-ci ?" Je lui réponds que je suis confus et que je reprends le travail sur le champ, comme toujours. Elle part en claquant la porte et laisse un silence strident, pouvant lasser et blesser n'importe qui. Cette journée se répète. Je pense que Jessie doit penser la même chose. Du moins, je l'espère. J'aimerais voir la lumière du jour autrement qu'au travers d'une vitre, sentir les odeurs de fleurs au lieu de celles de la pollution putride. Voir un autre paysage que celui-ci. Au fond, je ne suis pas fait pour vivre dans ce monde, personne ne l'est. Mais le temps passe, seconde après seconde, minute après minute. Et l'illusion du temps est la pire chose à laquelle il faut se fier dans ce monde. Le temps est abstrait, il ne sait que couler jour après jour sans raison, et nous donner l'illusion d'une vie meilleure.

Chapitre II : Au nom de la rationalité

Aujourd'hui, nous sommes lundi, ou mardi je crois. Je ne sais pas, je crois que c'est le début de la semaine. Bref... Je suis perdu au milieu du temps. Voilà maintenant des années que nous sommes arrivés et je commence à vouloir partir. L'enfermement y contribue. Madame Clower ne vient plus nous voir, elle doit être occupée. Il faut également dire que nous sommes sages depuis qu'elle nous a presque renvoyés de la tour. J'ai proposé à Jessie, la nuit dernière, d'essayer de changer de logement, elle n'est pas vraiment en accord avec cette idée. Peu importe, je pense qu'il lui faut simplement un peu de temps pour réfléchir, penser à cette idée. A vrai dire, elle ne me parle plus beaucoup. Je ne sais pas pourquoi, mais je devrais essayer de discuter avec elle. Il faut dire que j'essaie d'être rationnel. D'ailleurs, je ne comprends pas vraiment cette histoire de rationalité. Qu'est ce que cette chose ? Nous pensons tous agir et penser en toute rationalité. Nous disons toujours :

"soyons rationnels !" Mais savons-nous vraiment ce que c'est ? Nous n'avons jamais vu une personne qui s'oppose à notre opinion dire qu'elle tient ses arguments de l'irrationalité. On peut dire, en quelque sorte, qu'agir en toute rationalité ne veut rien dire. Mais cela ne m'aide pas beaucoup. Je dois trouver un moyen de refaire ma vie dans un endroit meilleur. Le problème est que suite à la migration, il est difficile de changer de domicile. Surtout quand on est mineur... Il y a dix ans, plus d'un milliard de migrants climatiques sont remontés vers le nord, vers l'Europe. Ce qui a causé beaucoup de problèmes. Mais nous devions aider ces pauvres gens, voilà pourquoi les secteurs ont été créés. J'aimerais beaucoup vivre dans un coin de verdure. Le problème est que ça n'existe plus aujourd'hui. Pour plusieurs raisons : les guerres en Europe, suite à l'immigration de masse ; l'immigration ; la pollution et bien d'autres raisons que je ne connais pas. Mais autant dire que changer de vie, c'est compliqué et j'aurais besoin de fuguer et de me débrouiller seul, avec Jessie. Il faut que je réfléchisse, nous allons devoir nous échapper discrètement. Pour cela, il n'y a qu'une seule solution : partir durant la nuit. En effet, la nuit, les surveillants ne sont pas là. Nous sommes comme séquestrés dans ce bâtiment malgré nous. Si nous ne travaillons pas, nous serons peut-être arrêtés. Je n'aurai jamais dû entrer dans cette tour de conservation. Quoi qu'il en soit, nous allons devoir partir cette nuit.

L'esprit commun

Chapitre III : L'envol du papillon

Il est vingt-trois heures, nous devons aller dans le hall pour prendre l'ascenseur et partir. J'ai trouvé une famille qui pourra peut-être nous accueillir pendant quelques semaines, voire quelques mois. Je ne sais pas vraiment ce qui peut nous arriver mais je pense que rien ne peut être pire que notre situation actuelle. Lorsque j'y réfléchis, je repense toujours à l'effet papillon, qui nous dit que tout ce qui nous arrive est le fruit d'une longue succession d'événements consécutifs. Si on change un petit détail, l'histoire change du tout au tout. Ça donne à réfléchir sur notre vie n'est-ce pas ? Enfin, pas pour l'instant car nous devons partir. Je prépare mes affaires, je les rentre en boule dans mon sac et je suis prêt à partir. Jessie est plus rigoureuse, elle prend soin de plier correctement ses affaires. D'ailleurs, elle rit souvent de ma façon de ranger. Personne n'est parfait, je ne suis pas fort là-dedans, et je pense que je ne le serai jamais. Nous prenons donc nos sacs et partons discrètement une fois la nuit tombée. Personne n'est dans le hall à cette heure-ci. Le jour, des gardes veillent à ce que les enfants de la tour travaillent. Mais qui serait assez stupide pour en sortir ? Peut-être que nous le sommes. Quiconque sort de cette tour n'a que quelques heures voire quelques jours tout au plus de survie possible. Nous prenons l'ascenseur, descendons les quarante cinq étages de l'immeuble et commençons à marcher. Je ne sais pas vraiment combien de temps nous allons marcher, plusieurs heures je pense. Ensuite, nous arriverons aux environs d'une petite ville de trente millions d'habitants, puis nous serons hébergés dans un immeuble pavillonnaire. Il est temps d'être indépendants. De ne plus avoir peur de Madame Clower. Mais avant ça, nous avons beaucoup de chemin à faire. Devant nous, la rue Staglon, elle fait plus de vingt kilomètres, elle est comblée de commerces de tout type. Nous avançons pas à pas et voyons les paysages changer. Des immeubles de plusieurs kilomètres de hauteur, à des centaines, à des dizaines, jusqu'à quelques étages. Au bout de ce périple.

Je pense que ça ne doit pas être acceptable de voir notre monde sans arbres. Aujourd'hui, notre oxygène nous est fourni grâce à des purificateurs d'air. Autrefois, à une époque que je n'ai pas connue, les arbres purifiaient l'air, comme les océans. Mais le monde a visiblement changé. Nous arrivons maintenant dans la couronne périurbaine, et nous trouvons maintenant la fin de la ville. Il ne nous reste que quelques dizaines de minutes de marche avant d'arriver dans la petite ville de Singleton. Les seules informations que j'ai pu recueillir ne sont que les dires des habitants de la tour de conservation.

L'esprit commun

Chapitre IV : L'amour mortel

Avez-vous déjà pensé à la mort ? Moi oui, beaucoup de fois d'ailleurs. C'est quand même étrange comme concept ! On naît, on fait notre vie, on se ternit, et on meurt. On peut s'interroger là sur le sens, le but de la vie. Elle ne sert pas à grand-chose finalement. Ou peut-être que si ? Comment savoir ? On peut aussi se questionner sur la suite. Que trouverons-nous derrière le mur noir ? Le bien, le mal ? Je pense d'ailleurs que cela n'existe pas ! Il y a légal, illégal. Riche, pauvre. Gentil méchant. Mais il n'y a pas de bien ou de mal. Lorsque je prends le temps de réfléchir, je me dis que c'est du fait de notre éducation que nous pensons que ces deux termes abstraits existent. De par notre éducation, nous ne nous amusons pas à assassiner les gens pour le plaisir. Heureusement d'ailleurs, car sinon, la vie serait difficile. Mais nous ne pouvons pas juger de la bienveillance d'un acte, car celle-ci n'en est qu'absorbée par notre pensée, nos opinions et de notre éducation.

Et, l'optimisme ou le pessimisme ne sont que des mots. Ne vouloir voir que le meilleur n'implique pas forcément une vision juste, et avoir peur d'y croire peut donner une vision fausse. L'un et l'autre ne sont ni bons, ni mauvais. Au fur et à mesure que nous marchons, nous étalons nos pensées, nos sentiments, nos émotions. Nous n'avons que cela à faire, à raconter donc, autant le faire. Je pense à ma sœur, qui doit certainement déprimer à cause de notre situation. Il faut dire qu'elle n'est pas vraiment plaisante. Nous marchons, nous marchons, des kilomètres et des kilomètres de bitume, de route, de chemins et de ville. Et je continue à penser, penser à de nombreuses choses. Et en faisant le tour de la question, j'en arrive à l'amour fraternel. Ce que je pense être formidable. Je n'imaginais pas qu'un frère et une sœur puissent être aussi solidaires, enfin jusqu'à aujourd'hui. Je pourrais sacrifier ma vie pour Jessie, pour qu'elle vive, qu'elle ait une vie meilleure ou pour qu'elle soit heureuse. Je pense qu'elle ressent la même chose pour moi, du moins je l'espère. Je pense que jamais je ne pourrais aimer une fille autant qu'elle. Je vois une lueur, au clair de lune, au loin. Je pense que c'est la périphérie d'une ville fantôme, certainement pas celle que nous cherchons à atteindre. Suite à la pollution massive de l'atmosphère, certaines villes ont soit été désertées, soit leurs habitants sont morts de la pollution. C'est pour cela que nous devons vivre dans des tours, qui nous protègent de la pollution au prix de notre liberté et de certains de nos droits. Certaines villes ont même le luxe d'être recouvertes d'un dôme, les protégeant des gaz toxiques et des pluies acides. Nous ne devrions pas tarder à arriver dans la ville de Singleton. Nous allons peut-être devoir nous arrêter quelque part pour manger, dormir, nous reposer. Seulement, j'espère que nous allons bientôt arriver, il est très périlleux de rester ainsi dehors. Nous ne sommes pas à l'abri de nous faire attaquer, tuer par une pluie acide ou par un nuage de gaz toxique.

L'esprit commun

Chapitre V : Une lueur au loin

Nous avons pu nous reposer deux heures. A peine avions-nous commencé à nous détendre qu'il fallait déjà repartir. Nous marchons depuis maintenant quatorze heures, les yeux fixés sur le béton qui parsème les environs. Depuis que je suis né, je n'ai jamais croisé le chemin d'un arbre, seulement d'un petit lapin essayant de se nourrir dans une poubelle. Notre environnement est radicalement différent de celui qu'ont connu nos ancêtres, ne serait-ce qu'en 2020, on dit que la Terre était peuplée d'arbres sur des kilomètres. J'ai vu de vieilles photos. Malheureusement, il ne reste pas grand chose d'exploitable. Les fichiers du monde entier ayant presque tous été détruits lors de la guerre de la bande passante en 2038. Alors il ne reste que des sources de papier ainsi que quelques rares fichiers numériques. C'est à cause de toutes ces guerres et de l'Homme devenu fou ces années précédentes que la Terre est devenue la cour des restes putrides des vies passées. Elle a radicalement changé depuis vingt ans. Les pays n'existent plus, du moins rares sont ceux à avoir survécu. Chaque ville s'autogère, certaines n'ont même plus de système monétaire. Jessie et moi aimerions atteindre la ville de Singleton. On dit qu'elle est surplombée d'un énorme dôme et surtout qu'on y est libre. Nous traversons ce qui ressemble à une forêt de cuivre, rassemblant des millions de tonnes laissées à l'abandon. C'est au moment de sortir de cet endroit que Jessie me dit :

-   Comment se nomme la famille qui nous accueillera ?

Elle qui n'avait pas cédé un mot depuis notre pause. Je lui réponds alors :

-   C'est la famille Bruges, apparemment, elle connaissait notre grand-père paternel. Je l'ai trouvé dans la vieille boîte que papa et maman nous avaient confiée, j'y ai retrouvé une vieille lettre avec l'adresse.

Jessie me regarde alors dans les yeux, l'air inquiet, tout en me répondant :

- Es-tu seulement sûr qu'elle habite encore Singleton ?
- Et bien, je suppose. Tu sais, cette lettre n'était pas d'hier alors je l'espère.

Elle baisse alors le regard, en clamant :

- Allez ! Le chemin ne va pas se faire tout seul. Plus tôt nous serons arrivés, plus tôt nous saurons s'ils habitent toujours le coin.

Étonné de son enthousiasme, je ne dis pas un mot, enjoué de sa motivation, j'accélère le pas de même.

Nous arrivons alors dans une vallée rouge, le soleil dans les yeux, je décide de les plisser, c'est alors que je vois une lueur au loin, comme un arc en ciel blanc. C'est à ce moment que Jessie s'exclame :

- Ça y est ! Nous sommes arrivés, Tom ! C'est le dôme de Singleton devant nous !

Je la regarde dans les yeux et d'un air émerveillé, je lui réponds :

- Tu ne peux pas imaginer ma joie ! Il doit nous rester quatre heures de marche avant d'arriver à la porte de cette cité lumineuse.

Nous reprenons notre route plus enjoués que jamais, bien que la route ne soit pas très hospitalière. Il s'agit d'une immense vallée de sable rouge dont le fond n'est même pas perceptible. Nous décidons d'en faire le tour, mais cela va prendre plus de temps que prévu. Nos pas sont longs, minutieux et précis. Je suis passé devant Jessie en lui indiquant de marcher dans mes pas. C'est au moment de poser mon pied droit sur une pierre que j'entends Jessie pousser un cri strident. C'est en me retournant, la voyant trébucher, que je lui tends la main. Elle l'agrippe avec une poigne de fer, mais je ne parviens pas à la faire revenir vers moi. Quelques secondes s'écoulent, et son regard perce le mien. Déterminée, elle me dit :

- Lâche-moi ! On ne va pas pouvoir survivre tous les deux Tom.

Je hoche alors la tête pour lui signifier que je ne la lâcherai pas. Je lui réponds alors :

- Arrête de dire des absurdités, on va y arriver !

Toujours pendue à ma main, elle me répond :

- Comment veux-tu me remonter ? Tu vois bien que ce n'est pas possible. C'est moi qui ai trébuché, alors c'est à moi de périr. Ne mets pas en danger ta vie, tu n'as pas le droit de mourir avec moi aujourd'hui !

Je sens alors sa main s'efforcer de se défaire de la mienne. Je ne la tiens désormais que par quatre doigts. En sanglotant, j'ajoute :

-   S'il-te-plait, ne tombe pas !

Elle me regarde alors avec insistance, des sanglots dans les yeux, lâchant ma main. Je la vois partir, dévaler la vallée aux mille sables, puis tomber en chute libre dans un fond obscur. Me voilà alors à l'appeler avec insistance pendant plusieurs minutes, mais aucun bruit ne s'échappe de ce tourbillon de sable. Je m'assois alors sur le rebord de la falaise et c'est au moment de poser ma main sur le rebord que j'entends un craquement puissant venant du dessous. Soudain, je vois les alentours de mon rocher se fissurer et je tombe à mon tour dans le creux du tourbillon de sable. J'entends des montagnes de sable s'entasser sur moi, juste avant la chute libre qui dure plusieurs dizaines de secondes. Puis je m'écrase dans un lit soyeux de sable fin, tout au fond de la vallée. Quelques secondes s'écoulent, puis j'ouvre les yeux après les avoir essuyés délicatement. Je me lève, regarde autour de moi, je vois une lueur aveuglante qui semble être très loin. A part cela, je suis dans l'obscurité totale. Je marche alors lentement vers cette lumière, qui ne cesse de s'intensifier au fur et à mesure que je m'en approche. Je dispose mes mains au devant de mon visage pour me guider. Je marche ainsi pendant plusieurs secondes dans un environnement muet. Au bout d'une minute, je sens un bout de coton sur ma main. J'entends alors une voix me demander si je vais bien. Enfin, une ombre se retourne, cachant l'éblouissante lumière. C'est Jessie ! Elle aussi avait été attirée par cette étrange lueur. Elle me dit :

- Tom ! Je ne sais pas où nous sommes, mais nous y sommes en vie !

Un fou rire s'empare de nous, et je lui réponds :

- Me voilà rassuré. Tu m'as fait très peur.

Soudain, une voix un peu trop grave ajoute :

- Moi aussi, je suis rassuré de vous voir en vie !

Nous nous retournons et voyons un grand monsieur se tenir devant nous, vêtu d'une combinaison jaune. Il nous invite à le suivre d'un geste de la main. Nous marchons quelque temps jusqu'à atteindre une porte blanche. Il nous fait entrer, et c'est au moment de passer la porte qu'il nous dit : "Bienvenue à Singleton !" Je lève alors le regard en voyant un immense dôme se dresser au-dessus de nous. Il commence derrière moi, mais je ne suis pas en mesure de voir où il finit. Sur ce, le monsieur ajoute :

- J'ai eu très peur pour vous ! Mais vous avez fait le bon choix. Voyez-vous, la seule entrée de cette cité est cette immense vallée. Si vous aviez continué votre chemin, vous auriez sans doute péri dans le cimetière des lumières. Le recueil de toutes les âmes ayant tenté en vain d'atteindre cette cité.

Curieux, je lui demande :

- Mais qui-êtes vous, Monsieur ?

D'un air rassurant, il place sa main sur mon épaule en me répondant :

- Je peux être qui tu veux mon enfant. J'assure ici la bonne réception des parias comme vous.
- Des parias ?
- Oui ! Des gens perdus comme vous ! Saviez-vous que le surnom de cette cité était : la cité des parias ?

Étonnée, Jessie rétorque :

- Tous les habitants de cette cité sont-ils comme nous ?

Il s'abaisse devant elle, lui disant :

- Oui mon enfant, beaucoup d'âmes perdues trouvent refuge ici. Enfin... Il faut vraiment que j'y aille, c'est qu'il y en a des gens à secourir dans cette fosse.

Sur ces mots, il fait demi-tour et repasse la porte blanche. Nous nous mettons donc à marcher sur le petit chemin devant nous, passons un tunnel blanc au bout duquel s'exposent des statues de marbre gigantesques. Devant l'une d'entre elles se trouve un plan de la cité, il doit faire cinq mètres de long. Nous regardons alors la disposition des quartiers de la cité. Au bout de quelques secondes, j'interpelle Jessie, lui disant :

- Là ! C'est le quartier des fleurs-montées, où se trouve la famille Bruges. Il ne nous reste plus qu'à suivre le chemin rosé.

Après cette phrase, nos regards se croisent, semblant se comprendre. Elle me dit alors :

- Cela veut dire que la famille Bruges était comme nous ?
- Certainement Jessie. Nous pourrons en discuter avec eux.

Sur ces mots, nous empruntons le chemin rosé, direction le 36 rue des marguerites.

L'esprit commun

Chapitre VI : la grande découverte

Jamais je n'aurais pu imaginer une telle cité. Elle baigne dans la lumière. Jessie et moi traversons le chemin rosé avec beaucoup de plaisir, tout en admirant l'irrésistible architecture qui fait de cet endroit la renommée cité des lumières. Le chemin est parsemé de grandes tours blanches sur lesquelles se dessinent des motifs magenta. Jessie aussi est en admiration devant tant de beauté. Nous alternons entre des petites ruelles et de grandes places de marbre. Soudain, je m'approche d'un bâtiment rouge et blanc, construit à partir de ce qui a l'air d'être du bois reconstitué. Un homme vêtu d'une salopette et d'un chapeau beige se dresse devant cette structure. De la porte s'échappent des bruits que je n'ai jamais entendus. Apeurés, nous faisons un pas en arrière quand l'homme au chapeau beige nous interpelle :

- N'ayez pas peur chers amis ! Ce ne sont que des chèvres. Allez ! Venez les regarder brouter !

Sur ces mots nous nous approchons lentement, Jessie se décide alors à regarder au travers de la fenêtre. C'est alors que ses yeux deviennent ronds, elle me fixe alors l'air fasciné, s'exclamant :

- Tom ! C'est la première fois que je vois ça de ma vie !

C'est alors que je décide de regarder à mon tour ce qui se trame derrière cette fenêtre. Je place ma main sur le rebord, y jette un regard. Cela semble irréel ! Ce sont des chèvres ! Je demande alors au fermier :

- Ce sont des robots ? Des sortes de peluches articulées ?

Étonné, il me répond :

- Mais non voyons ! Que vas-tu chercher là ? Ce sont de vraies chèvres d'antan.

C'est alors que nous demeurons ébaubis[1]. Jessie se penche alors sur le rebord tout en questionnant :

- Mais que mangent-elles ?

Le fermier ouvre alors la porte de sa grange tout en nous expliquant :

- Vous voyez, elles mangent un mélange de protéines et d'eau. Autrefois, elles se nourrissaient d'herbe et de verdure. J'ai connu ce temps quand il y en avait partout ! Seulement aujourd'hui, il n'en reste plus.

Nous le remercions de son hospitalité et sortons de sa grange. Au moment de reprendre notre chemin, il ouvre la porte et crie :

- Au fait ! J'oubliais, vous qui avez l'air fasciné par les vestiges qu'il nous reste de la nature, vous devriez continuer sur le chemin rosé, vous arriverez bientôt à la place de la découverte. On y

---

[1] étonnés, impressionnés.

conserve le seul et unique arbre que nous ayons pu retrouver. Cela vaut le coup d'œil, je vous le garantis !

Le regard pétillant, nous répondons :

-   C'est justement sur notre route ! Merci monsieur pour votre aide.

Nous suivons alors les conseils du fermier en décidant que nous allions nous arrêter à cette place. Nous accélérons le pas en sa direction et Jessie me demande alors :

-   S'ils ont retrouvé un arbre, pourquoi ne s'en servent-ils pas pour en faire pousser d'autres ?

L'air curieux, je lui réponds :

-   Je pense que la terre est si peu fertile qu'ils n'ont pas pu le faire.

Aussitôt, au détour d'un croisement, nous apercevons une grande carrure verte s'épanouir dans les airs. Je m'exclame alors :

- C'est celui-là ! C'est le vrai arbre dont nous a parlé le fermier !

Ce monument magnifique est entouré de dizaines de personnes l'observant avec nostalgie pour les plus vieux des visiteurs ; et avec adoration pour les plus jeunes comme nous. Nous passons alors au devant de la foule pour nous asseoir sur le rebord du monument en cercle. C'est à ce moment que Jessie me dit :

- C'est ici ! C'est la rue des marguerites ! Allons voir si nous trouvons le numéro 36.

Sur ce, dans un élan d'enthousiasme, nous accourons le long de la grande rue des marguerites pour y trouver le numéro chance. Concentrée, Jessie les compte avec sérieux. C'est au moment de me retourner pour observer le paysage que je remarque une petite maison verte perdue au milieu des immeubles blancs. Je m'en approche, voyant une petite boîte à lettres au-dessus de laquelle est disposée une plaque parsemée de poussière. Je décide alors de la frotter délicatement. C'est alors qu'apparaît le numéro trente-six. Je m'exclame alors : "C'est ici !" Puis Jessie arrive à son tour devant la boîte à lettres verte. C'est en levant les yeux que nous voyons la façade abîmée de la maison. Jessie me dit alors :

- C'est étrange, de toutes les habitations, c'est la seule à être dans un tel état.

Nous nous dirigeons vers la porte d'entrée qui semble devenir de plus en plus délabrée au fur et à mesure que l'on s'en approche. Je pose alors ma main sur la poignée et la porte s'ouvre subitement. L'intérieur est vide. Jessie dit alors :

- Cette maison est abandonnée. Comment allons-nous retrouver la famille Bruges ?

Je ne sais quoi répondre. Nous décidons de revenir dans la rue des marguerites, bien décidés à questionner les riverains. Nous en rencontrons des dizaines parmi ceux qui observaient le monument. Malheureusement, aucun d'entre eux n'a entendu parler de la famille Bruges.

Déçus, nous nous asseyons sur un petit banc longeant la rue aux côtés d'une vieille dame jetant des bouts de nourriture sur le sol. Intrigués, nous lui demandons :

- Madame, pourquoi jetez-vous votre pain par terre ?

Comme une évidence, elle répond :

- Pour les oiseaux. Enfin pour qui d'autre voudriez-vous que je le fasse ?

Étonnés, nous répondons :

- Il y a des oiseaux sur cette place ?

Elle baisse alors la tête tout en répondant :

- Je dois avouer que cela fait quelque temps que je n'en ai pas vu.

Subitement, l'idée me vient de lui poser la question :

- Vous avez l'air de vivre ici depuis beaucoup de temps. Connaissez-vous la famille Bruges ?

C'est au moment de prononcer ces mots qu'elle se redresse, nous regarde avec insistance comme pour chercher quelque chose. Quelques secondes plus tard, elle nous dit :

- Nom d'un calamar d'hiver ! Vous êtes Tom et Jessie n'est-ce pas ?

Curieux, je réponds :

- Oui, mais comment nous connaissez-vous ?

Elle s'approche de nous, en nous expliquant :

- Je commençais à perdre espoir, mon petit, de vous rencontrer un jour.

Nous adoptons tous les deux un air interrogateur ; en tremblotant, elle continue :

- Oui mon garçon ! Oh mais je pense que vous devez être perdus dans mes propos. Laissez-moi vous expliquer. Je connaissais votre grand-mère, mes petits. Elle n'a cessé de vous chercher depuis la mort de votre père. Vous l'apprenez sûrement, mais votre mère a disparu après votre naissance. Depuis ce jour, vous avez été emportés par les services sociaux. Votre grand-mère n'a pas pu faire grand chose. Elle a alors tenté de vous retrouver des années durant. En vain.

Je lui demande :

- Mais où est-elle ?

Elle se fige soudainement, reste ainsi quelque temps, puis me regarde en ajoutant frileusement :

- C'était il y a des années. Entre-temps elle est... passée de l'autre côté.

Jessie reste stoïque, l'air de recomposer notre histoire familiale dans sa tête. Après plusieurs secondes de réflexion, elle demande :

53

- Qu'en est-il de la famille Bruges ? Où vit-elle ?

La vieille dame se lève, se penche au-devant de Jessie, finissant par ces mots :

- Mon enfant, il ne reste plus personne. Vous êtes les derniers survivants de la famille Bruges. Malheureusement, il se fait tard et je dois m'en aller. Avez-vous de quoi vous loger pour la nuit ?

Jessie secoue la tête. La vieille dame ajoute donc :

- Je vois. Dans ce cas, allez voir Matthias, c'est mon ami, il pourra vous loger pendant quelque temps. Il habite dans le quartier lapis-lazuli.

Elle nous donne alors une petite carte sur laquelle figure l'adresse de ce dénommé Matthias.

Chapitre VII : Des jours bleus

Jessie et moi avons vécu tout ce temps alors même que nous ne connaissions pas notre famille. Aujourd'hui, nous sommes certains de ne jamais la rencontrer. Je ne suis pas de ces tempéraments qui perdent espoir facilement, seulement Jessie peut parfois paraître défaitiste. C'est ainsi que nous nous complétons. Le jour s'obstine à vouloir s'éteindre, la nuit elle, enlace les nuages d'un rouge écarlate. Malgré la beauté des douces lumières chaudes venant se blottir contre les moutons du ciel, il nous faut vite trouver le Matthias dont nous a parlé la vieille dame. Malheureusement, Jessie n'a pas l'air décidée à chercher, elle est restée assise sur le banc de la place exposant l'arbre. Voilà maintenant une heure qu'elle y demeure pensive. Parfois, elle dispose sa tête dans ses bras, puis elle se redresse. Je la regarde avec compassion du rebord du monument. Quelques secondes s'écoulent, puis je me décide à marcher vers elle. Je m'assois sur le banc en prenant soin de laisser un mètre entre nous. Elle ne cède pas un mot. Je lui tends alors ma main, elle la saisit délicatement. Je m'approche finalement d'elle avant de la prendre dans mes bras. Elle fond en larmes, mais je sens ses sanglots estompés par l'amour que je lui porte inconditionnellement. Discrètement, elle m'avoue :

- J'y étais presque... Notre famille était à deux doigts de se recomposer. Je voulais seulement aimer la vie, et que tu l'aimes aussi. Mon existence n'a plus de sens depuis une heure. J'en suis désolée. Nous avons passé notre vie à espérer rencontrer des personnes n'étant plus de ce monde.

Je recule mon visage, la regarde longuement, lui répondant :

- Ton existence a un sens pour moi. Je ne saurais envisager une vie sans toi. Tu es bien plus lucide que moi. Mais je représente le rêve et l'espoir. L'espoir, c'est tout ce qu'il nous reste. Voilà une autre raison qui fait de ta vie quelque chose d'important.

Elle blottit sa tête contre mon épaule, tout en concluant :

- Merci Tom.

Nous nous prenons dans les bras, et restons ainsi quelques minutes, dans un état méditatif en dehors du temps. Il est temps de se lever. La nuit est tombée et il ne nous reste que la lumière du monument pour nous repérer. Nous remontons le long du chemin rosé en direction de la place centrale de Singleton. Seuls quelques passants nous tiennent compagnie, nous arrivons à l'orée de la place centrale. Soudain, nous remarquons la présence de gardes devant la grande porte blanche permettant l'entrée des étrangers. Curieuse, Jessie me demande :

- Voilà qui est curieux. Que font-ils devant la porte d'entrée ?

Je ne sais quoi répondre, je la questionne à mon tour :

- Je n'en sais rien. Je me pose une question, si la porte d'entrée est ici, comment peut-on sortir de Singleton ?

Beaucoup de questions auxquelles nous ne pouvons pas répondre. Nous pourrions rester ici à nous questionner mais le temps nous presse. Nous nous approchons alors du plan de la cité. Nous trouvons la direction du quartier Lapis-lazuli, il nous faut suivre le chemin bleu. Nous l'empruntons donc. Le paysage change radicalement, le chemin est parsemé d'arbres synthétiques portant des feuilles bleues, on se sent agréablement enveloppés dans cette végétation, nous croisons des lucioles luminescentes bleues et jaunes, ainsi que des bancs de racines sur lesquels sont assis de nombreux amoureux. Des couples entourés de roses luminescentes bleues. Nous demeurons fascinés par tant de beauté, pendant cet émerveillement, nous trouvons un panneau de bois synthétique sur lequel est écrit : "Lapis-Lazuli, le quartier de la nuit des amoureux " En effet, il semblerait qu'il fasse toujours nuit dans ce quartier, nous ne pouvons même pas distinguer le ciel, il a été déformé par un filtre bleu nuit. C'est à ce moment que Jessie me dit :

- Wouah, tant de beauté ! Tout cela me donne envie de rester ici pour toujours.

J'ai la même impression, celle de vouloir rester ici. Nous nous sentons en sécurité dans un environnement paisible. Bien qu'il ne soit qu'illusion, il nous donne l'impression de connaître la vie au milieu des végétaux.

Nous avançons le long de ce paysage, jusqu'à atteindre une place au milieu de laquelle s'épanouit une fontaine lumineuse. C'est alors que nous trouvons la rue des fleurs bleues, celle qui est écrite sur la petite lettre de la vieille dame. Nous longeons alors cette ruelle habillée de lampadaires de grande taille et éclairée par de longs faisceaux nets sous lesquels des gens apparaissent et disparaissent sans cesse. La ruelle est bordée de grands immeubles, à l'exception d'une petite maison disposée au milieu des géants de béton. Il s'agit justement de l'adresse que nous cherchions. Nous sonnons au petit portail de métal noir, une femme d'une soixantaine d'années passe la porte, nous ouvre le portillon tout en nous demandant :

-   Comment vous appelez-vous les enfants ?

Jessie répond :

- Nous sommes Jessie et Tom Bruges. C'est une grand-mère qui nous envoie vous trouver.

Aussitôt, cette dame nous répond :

- Ohh, vous êtes de la famille Bruges. Je connaissais bien votre mère. Cette grand-mère a dû vous parler de mon fils, Matthias. Je vous en prie, entrez mes enfants.

Nous passons au devant d'un petit jardin habillé de roses, marchons sur le petit chemin de pierres qui relie le portillon de la porte d'entrée. Nous nous demandons tous deux comment une famille peut vivre par-delà les murs de cette maison, semblant avoir résisté à l'invasion des immeubles. Nous passons la porte derrière laquelle un homme d'une trentaine d'années quelque peu enveloppé se trouve. Il s'agit de Matthias. Je ne le connais pas, mais il a un regard qui semble nous comprendre et croire en nous comme nous voudrions que l'on nous comprenne et que l'on croie en nous. Sans réellement pouvoir l'expliquer, je sens une profusion de compassion provenant de son regard. Il nous dit :

- Je suis sûr que c'est ma mamie qui vous envoie !
  Je suis enchanté de faire votre connaissance.

Il se retourne subitement en claquant trois fois des doigts, disant :

- Entrez ! Entrez ! Faites comme chez vous !
  Asseyez-vous auprès de la table, je vais vous
  préparer une boisson chaude.

Le salon est une grande pièce chaleureuse contre laquelle se trouve une baie vitrée nous laissant apercevoir un grand jardin comblé de fausses plantes. Matthias revient alors avec deux tasses blanches remplies de chocolat chaud. Il les pose sur la table, s'assoit et nous demande :

- Alors les enfants, d'où venez-vous ?

Jessie répond :

- Nous sommes des orphelins de la famille Bruges,
  nous nous sommes enfuis de notre tour de
  conservation pour trouver notre famille à

Singleton. Malheureusement, elle n'est plus de ce monde. Voilà pourquoi nous cherchons un endroit où dormir pour la nuit.

Il réagit :

- Mes pauvres petits. Ma foi, vous m'avez l'air bien matures pour votre âge, vous avez dû subir de nombreuses épreuves difficiles.

Nous acquiesçons, je dis alors :

- En effet. Votre grand-mère nous a parlé de notre mère. Elle aurait disparu il y a des années.

Aussitôt il répond :

- J'ai entendu parler de votre mère. Elle s'appelait Camille. Elle est assez tristement connue à Singleton, elle aurait tenté de partir de la ville. On ne l'a point revue. Nul ne sait si elle est encore en vie malheureusement.

Je repense alors aux gardes que l'on a croisés une heure plus tôt aux portes de la ville. Je lui pose alors la question qui nous travaille l'esprit :

- Voilà qui est très curieux. Nous avons aperçu des gardes surveiller les portes de la ville. Pourquoi notre mère aurait-elle tenté de s'échapper ?

Matthias détourne alors le regard vers la photo d'une femme posée sur le rebord de la cheminée. Il reste ainsi quelques secondes avant de nous répondre :

- Normalement, nous ne sommes pas autorisés à parler de cela. Nous avons tous signé un pacte au moment de la création de la cité de Singleton. Les enfants, il faut que vous sachiez que cette ville n'est pas si parfaite. Elle est dirigée par un homme dénommé Hightower. Une fois que vous avez pénétré en ces lieux, il est très délicat d'en partir. Singleton essaiera toujours de vous retenir de partir pour mieux vous contrôler. Votre mère a essayé il y a des années de cela, espérant vous retrouver. Malheureusement, je pense qu'elle a probablement été éliminée par les autorités.

Jessie lui demande alors :

- Mais quel intérêt auraient-ils à nous garder prisonniers ?

Il se lève, récupère nos tasses vides, en ajoutant :

- Voilà une question à laquelle je ne saurais répondre, Jessie. Je peux cependant vous dire que chaque année, mille vies sont sacrifiées pour nourrir l'arbre divin, celui qui vit au milieu du quartier des fleurs-montées. Il s'agit du devoir des habitants de Singleton, mille personnes sont alors tirées au sort. Elles voient leur sang nourrir le saint arbre.

Ce discours nous laisse encore plus soucieux qu'avant notre arrivée. Nous passons alors la soirée avec Matthias, discutant du passé et de Singleton. Il nous explique comment il s'est échoué dans le quartier Lapis-lazuli il y a maintenant vingt-cinq ans avec ses parents, et surtout comment l'espoir de retrouver la nature s'est éteint au fil des années. Celle qui existait encore il y a vingt ans et que Matthias avait connue durant son enfance. Le temps passant vite, nous décidons d'aller nous coucher dans la petite chambre qu'il nous avait préparée. Nous montons les escaliers de bois reconstitué, craquant sous nos pieds, passons la porte de notre demeure temporaire, pour nous glisser dans notre lit. Nos tables de nuit portent de nombreuses bougies, nous éclairant dans la nuit. Nous nous glissons dans nos couvertures quand Jessie me dit :

- Voilà longtemps que nous n'avions pas dormi dans un lit si confortable.

Elle s'enroule dans sa couette en riant. Cela me fait plaisir de la voir joyeuse, ça n'arrive pas souvent. Je lui réponds :

- Oui, tu as raison. On a beaucoup de chance d'avoir rencontré Matthias.

Nous nous regardons dans les yeux, lorsque le rire se transforme en sourire, puis en interrogation. Nous allons devoir choisir. Choisir entre rester dans cette cité pour l'éternité, ou suivre les pas de notre mère, qui vit peut-être encore quelque part. Je pose alors la question à Jessie :

- Qu'allons nous faire à présent ? Penses-tu qu'il serait raisonnable de rester ici pour toujours ? N'es-tu pas tentée de retrouver notre mère ? Peut-être est-elle encore en vie ?

Elle prend alors ma main, la serrant contre elle, tout en me répondant :

- Évidemment que j'ai très envie de la retrouver. Mais le risque est énorme. Après tout, cette cité n'est pas si déplaisante, elle nous permettrait de vivre dignement, ne penses-tu pas ?

Je reste très songeur, est-il raisonnable de rester ici ? Certes, la vie y est plaisante et les paysages magnifiques. Cependant, j'ai un mauvais pressentiment. Parfois, le confort n'est pas la solution la plus raisonnable. Il arrive que la liberté soit plus importante, bien qu'elle implique la souffrance. Jessie ajoute :

- De plus, comment veux-tu que l'on parte d'ici ? Il y a des gardes devant la porte.

Me rendant compte de cela, je lui réponds :

- Tu as raison, je n'y avais pas pensé.

Nous éteignons les bougies et commençons à dormir. C'est peut-être mieux ainsi. Après tout, nous avons la possibilité de vivre heureux en ces lieux. Je devrais écouter Jessie, bien qu'elle ne parle pas beaucoup, elle pense à nous. Elle s'efforce de trouver le moyen de rendre notre vie meilleure ; alors je lui fais confiance.

L'esprit commun

Chapitre VIII : Funeste nouvelle

Le lendemain matin, nous nous levons, descendons les escaliers de bois. Nous sentons une odeur agréable, il s'agit du petit déjeuner. Matthias nous a préparé du pain grillé, des viennoiseries Françaises, avec du beurre, de la confiture, et une multitude de succulentes pâtes à tartiner. Pour accompagner cela, il nous a préparé des bols remplis de lait chaud desquels s'échappe une vapeur chaleureuse. Enfin, deux assiettes sont disposées aux côtés de nos bols, dans lesquelles se trouve un tiramisu semblant très appétissant. Nous nous approchons de la table ronde et apercevons un petit papier sur lequel est marqué : "Ne m'attendez pas, je serai de retour dans une demi-heure tout au plus. Profitez bien de ce petit déjeuner. Matthias " Nous nous installons et dégustons ces douceurs. Quel délice ! Voilà longtemps que nous n'avions pas mangé un tel petit déjeuner. Une fois terminé, nous débarrassons la table. J'entends alors le bruit de petits pas en direction de la porte d'entrée de la maison. Je m'en approche, lorsqu'une silhouette se dessine au travers de la fenêtre floutée. C'est Matthias qui est de retour. Il ouvre la porte, je l'accueille avec joie. C'est alors que je remarque qu'il tient en ses mains une enveloppe jaune, elle a déjà été ouverte et elle est parsemée d'eau. Je lève alors les yeux vers son visage quand je vois que Matthias a les larmes aux yeux. Je m'empresse de lui demander :

- Mais que se passe t-il ?

Après réflexion, je me rends compte que cette enveloppe est un télégramme. Jessie s'approche alors de la porte d'entrée, entendant les sanglots de Matthias. Il me répond :

- C'est au sujet de Jessie. J'ignore comment ça peut être possible, mais elle a été tirée au sort pour le sacrifice de l'arbre divin. La cérémonie se déroulera demain soir.

Je regarde alors Jessie, incapable de dire un mot. Jessie demande alors :

- Comment cela est-il possible ? Ma chance d'être choisie était de quel ordre ?

Matthias se fait alors réflexion en manipulant incessamment le télégramme dans ses mains. Il dit :

- Je ne comprends pas. Il y a des millions d'habitants à Singleton. Tu n'avais presque aucune chance d'être sélectionnée. Cela n'arrive jamais. D'autant que les personnes les plus âgées sont souvent préférées aux enfants.

Un silence s'empare alors de la pièce. Jessie vient alors le briser en ajoutant :

- Et bien soit. Qu'il en soit ainsi.

Matthias rétorque avec insistance :

- Non ! Tu ne te rends pas compte. Les victimes de ce sacrifice souffrent terriblement, on les vide de leur sang jusqu'à leur mort. Il est hors de question de te laisser subir cela. Il faut que vous partiez de Singleton !

Nous ne savons pas comment nous y prendre pour nous échapper de cette cité. Nous nous disposons alors tous les trois autour de la table ronde du salon pour déterminer une stratégie. Au moment de nous installer, Jessie nous dit timidement :

- Je ne veux pas que vous vous mettiez en danger pour moi. Vous risquez aussi d'être tués si nous nous échappons.

Je lui réponds :

- Je ne pourrais pas me pardonner de te laisser partir sans agir, alors je préfère mettre ma vie en péril s'il subsiste une chance de te sauver, Jessie.

Nous nous prenons les mains, tout en prêtant serment de toujours nous protéger. Après ces preuves d'amour inconditionnel, nous nous mettons au travail. Je propose alors :

- Pour commencer, faisons état de ce que nous savons. Il ne doit exister qu'une seule porte permettant de sortir de la cité, il s'agit de la porte d'entrée. Les gardes n'auront aucun mal à nous arrêter si nous tentons de fuir.

Matthias ajoute :

- Effectivement, il nous faudrait les distraire, ce qui ne serait pas chose facile.

Me vient alors une idée :

- Je pense à une chose, les gardes n'étaient pas présents lorsque nous sommes arrivés à Singleton. Il devait être treize heures tout au plus. Ils étaient probablement aller manger quelque part.

Jessie ajoute :

- C'est vrai ! Mais qu'en est-il de l'homme qui nous a accueillis ? Il doit être là toute la journée, peut-être même qu'une autre personne le remplace la nuit, les gens affluent à Singleton de jour comme de nuit.

Matthias termina :

- Il doit être possible de le convaincre. Nous tenterons au début de cet après-midi.

La matinée s'écoule, nous n'avons pas l'envie de faire du tourisme ou d'aller faire un tour dans le magnifique quartier du Lapis-lazuli. Je suis stressé de cette situation, nous ne savons pas si notre évasion se passera bien, d'autant qu'elle dépend de la volonté d'un homme que nous n'avons croisé qu'une seule fois depuis notre arrivée. Néanmoins, je ne me montre pas soucieux devant Jessie. La sonnerie de midi retentit dans le salon, nous mangeons rapidement et nous empressons d'aller à l'entrée de la cité. Une fois arrivés, nous remarquons que les gardes sont bel et bien partis, nous nous approchons de la porte, mais je ne parviens pas à repérer l'homme d'accueil. La porte blanche est entrouverte. Il se trouve que des personnes sont en train d'être récupérées de la fosse aux mille sables. Au moment de passer la porte, Matthias nous dit :

- Je vais devoir rester ici. Il y a d'autres personnes sur lesquelles je dois aussi veiller. Essayez de trouver une autre ville non loin d'ici, il serait dangereux pour vous de rester dans la pollution plus de vingt-quatre heures.

Nous câlinons Matthias une dernière fois, avant de passer la grande porte blanche discrètement. Nous avançons quelques secondes sur le même chemin de sable qui nous avait accueillis. C'est au moment d'arriver dans la grande fosse que nous apercevons le grand Monsieur qui nous avait récupérés. Il nous remarque malgré notre discrétion et nous demande :

- Mais ! Que faites-vous ici les enfants ?

C'est alors que je lui réponds :

- Ma sœur Jessie et moi devons partir de cette cité, elle a été tirée au sort pour le sacrifice de l'arbre divin.

Il n'est pas normal d'avoir été tiré au sort, généralement, rares sont les enfants à être nominés. Attendri par notre situation, il nous répond :

-   Normalement, je devrais refuser votre demande, mais je suis touché par votre situation. Je vais vous laisser partir, mais n'en parlez à personne, je risque d'être tué.

Aussitôt, un garde imposant, vêtu de noir de la tête aux pieds, ayant vu la porte ouverte entre dans la fosse et demande fermement au Monsieur :

-   Que se passe-t-il ici ?

Je vois alors d'autres personnes au beau milieu de la fosse, elles venaient de tomber de la falaise. Je regarde alors le grand Monsieur. De son front coulent des gouttes de sueur froides. Hésitant, il répond :

-   J'accueillais ces individus.

Soudain, le garde jette un regard noir vers Jessie, il s'approche alors de nous de manière vive, ajoutant violemment :

- Je l'ai reconnue ! C'est la fille qui doit être sacrifiée demain près de l'arbre divin. Elle a dû tenter de s'échapper !

Le monsieur ajoute frileusement :

- Oui... C'est bien ce que je me disais. J'allais vous en toucher mot.

Aussitôt, le garde s'empare de Jessie, ordonnant au monsieur de l'accueil de nous conduire à l'entrée de la cité. Il ne nous laisse pas le temps de nous expliquer. Nous arrivons cependant à percevoir la phrase qu'il lui dit : "Si tu n'es pas capable de faire ton devoir, nous allons être contraint de te garder enfermée !" Matthias et moi restons quelques minutes avec le monsieur de l'accueil, nous présentant ses excuses, ajoutant qu'il ne pouvait pas faire grand chose. Nous décidons alors de rentrer à la maison au bout de plusieurs minutes de réflexion.

En route, un long silence s'empare de nous. Je marche à côté de Matthias. Au détour d'un croisement, il me dit :

- Je suis désolé, Tom. Tout cela est entièrement de ma faute.

Tête baissée, je lui réponds :

- Ne dis pas n'importe quoi. J'étais le plus emballé par cette évasion. Même Jessie n'était pas très motivée.

Maintenant, je sais que Jessie sera probablement tuée demain, sur la place de l'arbre divin. Quelle divinité ? Celle qui ôte la vie d'enfants pour subsister ? Que peut-elle donc donner en retour aux habitants ? Plus j'y pense, plus mon envie de quitter cette cité grandit en moi. Nous arrivons au devant du portail de la maison. Matthias l'ouvre avec hésitation, en silence, nous passons la porte. Je demande :

- Tu es certain que nous ne pouvons rien faire ?

Fatalement, Matthias répond :

- Non, Tom. Jessie est entre les mains des autorités, ce serait du suicide d'intervenir. J'en suis désolé, mais il n'y a rien à faire.

Il est vrai que je me repose souvent sur Jessie pour trouver des solutions à nos problèmes. Sans elle, je demeure perdu. L'impression d'être figé, je n'ose rien faire, me contentant de laisser l'après-midi s'écouler. C'est ainsi que je trouve un autre Matthias occuper la maison, un homme mélancolique guidé par la fatalité. Bien qu'il eût cru en Singleton, il se rend compte qu'elle n'était qu'illusion. Le soir même, nous ne mangeons pas et allons nous coucher sans un mot.

L'esprit commun

Chapitre IX : Pars vite et reviens tard

La nuit fut longue. Jessie nous a été arrachée la veille et elle va être exécutée dans la journée. Naturellement, je n'accepte toujours pas cette situation. Néanmoins, et même si elle paraît désespérée, j'aimerais tenter un dernier acte dénué de réflexion. J'espère aller sur la place de l'arbre divin pour y récupérer Jessie, pour enfin nous sauver. J'ignore si cette tentative mènera au succès, cependant, je ne pourrais pas accepter de ne pas essayer. Plus la lumière pénètre au travers de la fenêtre de la chambre, plus je sens l'heure fatidique s'approcher. Je me lève du lit, marche seul vers les escaliers de bois, les descends au bruit de leurs craquements, enfin, je m'assois autour de la table du salon pour y manger un petit-déjeuner. Matthias reste aussi silencieux qu'hier. Je me décide à lui dire :

- Je pense que nous devrions y aller.

Il me tourne le dos, répondant :

- Où veux-tu donc aller ?

Je me demande s'il ne sait réellement pas de quoi je lui parle, ou s'il feint d'avoir oublié ce qu'il s'est passé la veille. Je lui réponds :

- Et bien, à l'arbre divin. A quel autre endroit voudrais-tu que l'on aille ?

Au loin, j'entends les gens chanter à vive voix ce qui semble être le chant des sacrifiés. Il semblerait que cette journée soit l'événement de l'année à Singleton. Je m'approche alors de la fenêtre de la cuisine. Au travers des barres du portail, je vois des foules défiler, bramant : "Oh, grand Dieu de l'arbre divin, nous t'implorons en ce jour sacré d'accueillir les mille âmes que nous t'offrons, puissions-nous nous retrouver en toi, ô grand arbre céleste."

Un silence s'empare de la pièce. Matthias dit :

- C'est comme ça chaque année. Je ne supporte plus leurs voix.

C'est à ce moment que je me rends compte de l'illusion et de l'absurdité de cette cité. Elle endoctrine les vivants dans la croyance de l'arbre divin. Je réponds :

- J'imagine. Mais veux-tu bien m'accompagner ? Je ne peux pas abandonner Jessie ainsi.

Je le sens trembler, hésitant, il me dit :

- De nombreuses personnes se sont fait tuer à cause du sacrifice annuel. Certaines étaient de ma famille, ou de mes amis. Alors comprends que tu me demandes beaucoup, Tom.

Je comprends alors le passé douloureux de cet être au regard amical. Il a perdu les gens qu'il aimait années après années à cause de ce sacrifice. Bien qu'une partie de la population de Singleton semble très emballée par ce rituel pathétique, une autre reste cloîtrée entre des murs, apeurée de la ville devenue sectaire. C'est le cas de ˊ Matthias. J'ajoute :

- Je te comprends bien. Néanmoins, je me dois d'y aller. Seul s'il le faut.

Je passe alors la porte d'entrée et le portail, marchant discrètement en direction du quartier des fleurs-montées. Je ne reconnais plus le quartier du Lapis-lazuli. Il est comblé d'une foule noire, fervente admiratrice de l'arbre divin, marchant avec assurance vers celui-ci pour admirer la messe du saint arbre. Je pense aussi à Jessie qui a probablement passé la nuit dans une cellule, à penser de noires choses en vue du sacrifice d'aujourd'hui. J'accélère le pas. Au diable la discrétion ! Après tout, je n'ai rien à me reprocher. Je me faufile entre les gens, souvent munis de pancartes, d'écharpes aux couleurs de l'arbre divin. Même les enfants viennent voir le sacrifice. J'arrive à la place centrale de Singleton, celle qui dessert tous les quartiers. La garde a été renforcée, je ne parviens pas à compter les gardes présents à l'entrée de la cité. Je n'ai cependant pas le temps de me soucier de cela, il faut que j'arrive à temps pour trouver une stratégie une fois arrivé à la place de l'arbre divin. J'entre dans le quartier des fleurs-montées, la densité de monde est aveuglante, elle le devient de plus en plus au fur et à mesure que j'avance. A côté de moi, une femme d'une cinquantaine d'années s'évanouit, étouffée. Elle est bercée par la foule qui l'engloutit, la faisant disparaître. J'entends alors un homme hurler : "Qu'elle soit offerte à l'arbre divin !" Les autres personnes de la foule répètent ainsi ces mots. Le climat est particulièrement étouffant. J'en suis très mal à l'aise. J'aperçois les feuilles vertes de l'arbre danser au loin, bercées par les éclats du soleil. Soudain, je me sens aspiré par la foule. Je ne parviens pas à m'en défaire. La pression est si forte que j'en perds mes sens, je perds enfin connaissance durant quelques secondes. Je reviens finalement à moi, au devant de l'arbre sans savoir comment j'ai pu y être guidé. La foule s'agglutine autour de l'arbre, laissant plusieurs mètres de distance. Un homme habillé arrive alors, il vient d'un escalier menant probablement à une cave sous l'arbre. Il doit être le fameux Monsieur Hightower. Au même moment, des gardes amènent les sacrifiés, on les attache progressivement sur la stèle, contre les branches et le tronc de l'arbre. Je vois enfin Jessie sortir du sous-sol et être attachée contre le tronc. A cause du manque de place, certains sacrifiés sont disposés sur le sol, empilés les uns sur les autres. Ne sachant plus où regarder, mes yeux se posent sur une vieille dame qui m'est étrangement familière. Je plisse les yeux afin de mieux l'observer. Il s'agit de la grand-mère de Matthias, celle qui nous avait parlé de la famille Bruges. Je fais alors le tour de la place, bien décidé à aller lui parler. J'arrive au côté gauche du tronc, j'interpelle alors la vieille dame :

- Madame, vous avez été choisie ?

Elle me regarde avec insistance, me répond :

- Oh, mon petit. Je te reconnais, tu es Tom, n'est-ce pas ? Oui, j'ai été tirée au sort pour le grand sacrifice.

Je lui réponds :

- Quel malheur ! Ma sœur Jessie aussi va être sacrifiée.

Étonnée, elle me dit :

- Bonté divine, ils sacrifient même les enfants maintenant. Je suis désolée mon petit. J'aurais dû vous dire de partir tant qu'il était encore temps. Tout cela est entièrement de ma faute. J'en suis désolée.

Elle se met alors à sangloter. Aussitôt, un homme vêtu de blanc se poste devant elle en lui disant : "C'est à ton tour maintenant mamie !" Muni d'un couteau pointu, il lui porte de nombreux coups superficiels sur les membres. Son but est de faire souffrir les sacrifiés. Captivé par cette dame, je n'entendais pas les cris des victimes de ce massacre. Elles sont déjà une cinquantaine à déverser leur sang sur le tronc de l'arbre divin. Soudain, Monsieur Hightower se dispose au devant de la foule avec un puissant microphone, dictant : "Oh grand arbre céleste, donne-nous la paix, nous t'apporterons l'amour. Donne-nous la sérénité, nous t'offrirons notre âme. Arme-nous de sagesse, nous nous abandonnerons à toi. Ô grand arbre céleste. Si puissant, si majestueux. En ce jour, nous te vouons mille âmes déchues des vivants pour ta gloire. Puissions-nous lire en ta pureté afin de nous égarer de la haine. Puissions-nous nous retrouver en toi."

L'arbre, tel un déversoir de haine, se voit rempli de sang. Imploré par les centaines de victimes suppliant d'être achevées. Toute cette scène est admirée par la foule comblée de ce spectacle lugubre. Jessie n'a pas encore été saignée. Il me faut faire quelque chose en vitesse.

J'observe les alentours, je remarque ainsi qu'une blouse blanche avait été déposée sur le rebord de l'escalier. Je me décide alors à faire le tour de l'arbre. L'escalier étant à quelques mètres de Monsieur Hightower, il est risqué de s'y aventurer trop près. Je longe l'arrière du tronc, puis la rambarde de l'escalier. Je m'empare de la blouse, l'enfile soigneusement pour ne pas la froisser. Ainsi, on croira que je fais partie des bourreaux. Je m'empresse de me diriger vers Jessie. Soudain, une femme, elle aussi vêtue de la même blouse blanche me dit fermement : "Que fais-tu ? Ne devrais-tu pas être en train d'entailler les sacrifiés ? Commence par celui-là !" Je sens alors l'anxiété s'emparer de moi. Cette femme ne cesse de me regarder fixement. Soudain, un homme enrobé lui dit : "Je vais m'en occuper." Il me montre Jessie en ajoutant : "Occupe toi plutôt d'elle là-bas !" Il me tend un couteau. Sa voix m'est familière. C'est Matthias qui se cache sous cette blouse. Il avait décidé de me suivre dans l'ombre. Je lui réponds : "Oui Monsieur" tout en me munissant du couteau. Je me dirige vers Jessie. Au moment de monter sur la stèle, je me rends compte que la porte du sous-sol est entrouverte. Je m'approche de Jessie, un couteau à la main. Je lui dis : "Ne t'en fais pas, c'est moi, Tom. Je vais te libérer." Elle ne peut plus parler. Je n'entends que des bourdonnements dans sa voix. Avec mon couteau, je coupe la corde qui la retient au tronc de l'arbre. Je la prends dans mes bras et descends de la stèle en direction des escaliers. Au moment de placer mon pied sur la première marche, j'entends Monsieur Hightower crier : "Hé ! Que fais-tu ?" Je m'empresse de descendre. Il fait alors un mouvement de la main guidant deux gardes vers moi. C'est alors que Matthias se met au travers de leur chemin en se postant en haut des escaliers. Il me dit :

- Allez, Tom ! Dépêche-toi, il doit bien y avoir une sortie par là.

Inquiet, je lui réponds :

- Mais tu risques de te faire tuer. Enfuis-toi !

Il a bravé ses peurs pour venir nous aider. Il me répond enfin :

- Ne t'en fais pas. Je vais me sacrifier pour vous. Pars vite et reviens tard !

Aussitôt, les gardes arrivent armés, criant : "C'est lui !
Abattez-le !" Je me cache derrière la porte entrouverte de
la cave. Les gardes arrivent au devant de Matthias et
l'abattent froidement de plusieurs coups de couteau. Un
garde dit alors : "Bien ! Il servira de sacrifice pour l'arbre
divin." Je décide d'avancer dans le sous-sol sombre,
portant Jessie dans mes bras. J'aperçois une porte en
cuivre devant moi, elle est ouverte. J'entre, descends un
autre escalier. Les murs sont recouverts des racines de
l'arbre. Elles se transforment petit à petit en ce qui
s'apparente à des circuits électroniques. Une lumière
bleue envahit l'espace au fur et à mesure que je descends
les marches. J'arrive enfin dans une salle de contrôle ; à
ses extrémités, se trouvent de grands réservoirs remplis
de sang. Je vois des fenêtres au travers desquelles se
trouvent des laboratoires. Au milieu de la pièce, il y a
une table sur laquelle sont disposés des documents. Je
m'en approche. Je les feuillette. Il semblerait que tout
cela ne soit qu'une mise en scène de Monsieur
Hightower. L'arbre divin n'en n'est pas un. Il s'agit d'un
réceptacle de sang permettant à ses équipes de
recherche d'expérimenter des choses douteuses. Il
paraît qu'il s'agit aussi de commerce de sang,
permettant à Singleton de récolter beaucoup d'argent

chaque année. Le sang est devenu une denrée rare. Ainsi, la cité obtient de grandes sommes en vendant près de huit-mille litres de sang tous les ans. Il faut que nous partions d'ici. Au moment de déposer les feuilles que j'ai en main, j'aperçois le nom de Jessie Bruges sur l'une d'entre elles. Le document explique que Jessie et d'autres filles dont les noms sont cités possèdent un sang particulier qui doit être étudié par les chercheurs. C'est pourquoi elle a été choisie pour le sacrifice. La sélection n'est pas aléatoire, elle est déterminée par les chercheurs. Cette cité n'était que mensonges. Je décide enfin de partir par la porte sur laquelle est stipulé : "sortie de secours." Sur cette porte est collée une feuille avec un avertissement disant : "Attention ! Si vous empruntez ce chemin, vous sortirez de Singleton, aucun retour en arrière ne sera possible." C'est bien ainsi, il ne nous reste rien nous reliant à cette cité. J'emprunte donc le chemin de non-retour. Nous nous retrouvons dans un tunnel sombre et humide duquel s'échappe une odeur nauséabonde de cadavres en putréfaction. J'avance, l'impression d'être seul dans cet antre du diable pendant de longues minutes, lorsque j'aperçois une lumière jaunâtre au bout du tunnel. J'accélère le pas. Petit à petit, l'odeur s'estompe, tout comme l'obscurité. Nous arrivons alors au devant d'une étendue de sable. Je revois ainsi notre arrivée, et cette peur bleue que nous avions eue au moment de se voir tomber de la falaise. J'avance sur le sable, j'aperçois les reflets chauds d'une route goudronnée au loin. Je me rends ainsi compte que je ne sais pas où aller. Nous avons été bercés par l'illusion de Singleton. Elle nous faisait croire que nous pouvions trouver un foyer en ces lieux, nous exposant de magnifiques architectures cachant une sombre réalité, la dictature de Monsieur Hightower et ses nombreux sacrifices. C'est alors que Jessie s'éveille. Elle me dit :

- Où sommes-nous, Tom ?

Me revient alors le sacrifice de Matthias. Je lui réponds :

- Nous sommes sortis de Singleton. Mais Matthias a dû se sacrifier pour que nous puissions partir.

Jessie se lève difficilement en me disant :

- Tout cela est de ma faute.

Elle a souvent le don de s'attribuer tous les torts. Je lui réponds :

- Cesse de dire n'importe quoi. Ce n'est de la faute de personne. Nous n'avons pas eu de chance.

Je lui raconte ensuite les découvertes que j'ai faites dans la cave de l'arbre divin. Le sacrifice de Jessie avait été orchestré par les chercheurs de Hightower. Jessie me dit alors :

- Tu te souviens ? Lorsque nous avons tenté de nous échapper par la porte de la cité, Matthias nous avait dit de chercher aux alentours de Singleton. Il doit y avoir d'autres villes.

Fort de cette dernière expérience, je réponds :

- Ne penses-tu pas que les autres villes possèdent aussi leurs lots d'abominations ?

Elle acquiesce, ajoutant :

- Oui. Tu as sans doute raison. Seulement, rien ne nous empêche de marcher en y réfléchissant.

Nous commençons alors à marcher lentement. Jessie s'aide de mon épaule. Nous nous trouvons à nouveau à marcher durant plusieurs heures, cette fois, sans l'espoir d'une destination parfaite. Néanmoins, nous ne devrions pas rester plus de deux jours dehors. La pollution pourrait bien avoir raison de nous si nous dépassons ce délai. Quoi qu'il en soit, l'espoir nous guidera.

L'esprit commun

Chapitre X : Une étrange découverte

Singleton était une cité maudite. Elle nous vendait de l'espoir en profusion. L'espoir de vivre dans un monde meilleur dans lequel les hommes sont libres et vivent en harmonie les uns avec les autres. Malheureusement, les apparences furent trompeuses. Nous voilà revenus en arrière. Nous avons marché pendant plus de vingt-quatre heures en vain. Nous avons décidé de nous réfugier dans un vieux bunker datant de la guerre de la bande passante pour y passer la nuit. Après quoi, il nous restera moins de douze heures pour trouver un endroit où loger. Nous nous reposons dans une grande salle aux murs usés par le temps. Le sol est parsemé de flaques d'eau. Un silence solennel règne sur cet endroit, parfois perturbé par les courants de vent au dehors. Jessie se décide à le briser en me disant :

- Tom, j'ai quelque chose à te dire.

Elle me fixe du regard, l'air inquiet en ajoutant :

- Lorsque j'étais enfermée, j'ai entendu les gardes parler de Madame Clower. Elle serait à notre recherche.

Cette information m'avait échappé lorsque j'étais dans le sous-sol de l'arbre divin. Cependant il est certain que nous n'étions pas considérés comme des personnes normales dans la cité de Singleton. La preuve de cela était le sacrifice de Jessie, il semblerait que les enfants ne soient jamais sacrifiés. Je lui réponds :

- Oui. J'ai aussi découvert que l'arbre divin n'en était pas un. Il s'agissait d'une machine alimentant un commerce de sang. De plus, tu n'avais pas été tirée au sort, mais choisie par Monsieur Hightower.

Je sens que ces révélations ne l'étonnent guère. Il nous fallait effectivement partir de Singleton, et cela même si Jessie n'avait pas été nominée pour le sacrifice. On aurait probablement eu d'autres problèmes à cause de Monsieur Hightower. Cependant, nous avons d'autres chats à fouetter. Il nous faut trouver un refuge. Plus le temps s'écoule, plus nos chances de survie rétrécissent.

Aussi, nous ne pourrions pas marcher durant la nuit, c'est à ce moment-là qu'ont lieu la plupart des pluies acides à cause du froid. Jessie me dit :

- Où penses-tu aller demain ? Il doit nous rester douze heures tout au plus.

Je lui réponds :

- Et bien, Matthias nous avait parlé de villes environnant Singleton.

Seulement, bien que nous ayons marché des heures durant, nous n'avons pas trouvé âme qui vive dans les environs. Il nous faudra être attentifs demain.

Le lendemain.

Il doit être environ six heures. Il est temps pour nous de partir. Bien que le jour ne soit pas encore levé, je pense que nous sommes à l'abri des pluies acides. Nous sortons du bunker et continuons notre voyage. Le paysage est toujours aussi déplorable. Nous ne voyons passer que de grandes étendues de terres brûlées ainsi que des décharges de déchets. Au bout de quelques minutes de marche, nous remarquons de nombreuses silhouettes sombres au loin, elles dessinent d'étranges formes. Je dis alors à Jessie :

- Regarde ces étranges formes au loin. De quoi s'agit-il ?

Elle regarde avec insistance ces formes, me répondant :

- Elles sont de la même apparence que l'arbre divin. J'y suis ! Cela doit être une ancienne forêt.

Il s'agit effectivement d'une ancienne forêt brûlée. Depuis les années dix, de nombreuses forêts ont brûlé à cause du réchauffement climatique. Celle-ci n'a pas fait exception à la règle. Nous arrivons à l'orée, lorsque j'aperçois une femme vêtue de blanc au milieu des arbres. J'imagine les feuilles vertes de ces géants qui devaient être magnifiques, portées par le vent, baignées de soleil. Cette femme aux cheveux bruns, longs et soyeux doit aussi imaginer cela. Elle a l'air jeune, certainement âgée d'une vingtaine d'années. Elle semble mélancolique, je la vois poser sa main sur le tronc carbonisé d'un arbre, regardant vers le ciel, à l'endroit où les feuilles devraient être. Jessie et moi fixons cette femme, comme hypnotisés. Soudainement, elle se retourne et jette son regard vers nous. Nous reculons de quelques pas quand elle nous dit :

-   Allez ! Venez les enfants. N'ayez pas peur.

Elle a un sourire rare, sublimé par ses yeux bleus et son teint blanc comme neige. Elle me fait ressentir une tendre chaleur en moi, comme celle d'une mère calmant les pleurs d'un enfant. Elle ressemble étrangement à Matthias et à son regard compatissant qui semble comprendre tout le monde. Nous nous approchons d'elle. Elle continue :

-   Vous voyez ? C'était autrefois un arbre authentique, avec des feuilles et une belle écorce flamboyante. On devait entendre les oiseaux chanter sur ses branches. J'aurais tellement voulu vivre il y a cinquante ans, juste pour voir la vie qui peuplait la Terre. Pour sentir les odeurs des fleurs et en admirer leurs couleurs. Voilà un bien triste paysage.

Un silence s'empare de nous. Elle ajoute en souriant :

-   Enfin. Je m'appelle Evelyn, je suis enchantée de
    vous rencontrer, les enfants. Comment vous
    appelez-vous ?

Evelyn nous inspire une grande confiance. Jessie lui
répond :

-   Je m'appelle Jessie, et voici Tom. D'où venez-vous
    madame ?

Evelyn rit en nous répondant :

-   Enfin, appelez-moi Evelyn. Je viens de la petite
    cité de Daka, surnommée la cité des fleurs
    bleues.

Elle avance pour sortir de la forêt. Nous la regardons
partir. Soudain, elle se retourne en demandant :

-   Et bien ? Vous ne venez pas avec moi ?

Nous restons figés à nous demander si c'est une bonne idée. Elle ajoute :

- Il me semble bien que vous n'avez pas d'endroit où dormir ce soir, n'est-ce pas ? Je vais vous emmener à la cité de Daka.

Nous nous décidons enfin à la suivre. Elle nous fait prendre la même route que nous empruntions. Nous marchons pendant quelques minutes jusqu'à ce qu'elle nous dise : "Allez ! C'est par là à présent." Elle nous fait suivre un chemin dans les terres brûlées, contournant la forêt carbonisée. L'odeur y est insupportable. Au loin, nous apercevons un immense nuage noir s'approcher. Evelyn nous avertit :

- Dépêchons-nous ! Je redoute qu'une pluie d'acide ne vienne nous embêter.

Aussitôt, nous accélérons le pas. Un éclair jaune se dégage du grand nuage noir. Nous voyons des gouttes jaunes tomber du ciel et s'abattre sur une large zone se trouvant à plusieurs centaines de mètres au loin. Le silence habituel est brisé par les voix de plusieurs victimes dont le son est porté par le vent sur une longue distance. Nous entendons ainsi les cris des personnes que la pluie a touchées. Il est difficile d'y survivre, d'autant plus qu'elle s'approche dangereusement de nous. Nous finissons notre voyage en courant. Nous arrivons enfin près d'un dôme duquel s'échappe une lumière bleutée. Les premières gouttes d'acide commencent à nous tomber dessus. Nous rentrons dans le dôme par le biais d'une porte de verre. Au moment de la fermer, une goutte d'acide s'écrase sur mon avant-bras. Je sens alors une importante douleur gronder en moi. Je n'ose pas imaginer la souffrance des victimes des pluies d'acide. Evelyn me dit :

- Mon pauvre, nous allons soigner ça très vite à l'hôpital.

Nous nous empressons d'aller à l'hôpital de la cité de Daka. Grâce au ciel, il se trouve à côté de l'entrée de la cité. Il s'agit d'un grand bâtiment de pierre, possédant de nombreuses baies vitrées sur les murs. Nous y entrons. Aussitôt, une infirmière me propose de soigner mon bras. Elle me dirige alors sur un fauteuil médical. Elle nettoie mon bras en le rinçant, sort un bandage de son armoire à pharmacie et me l'applique délicatement en me disant :

- Tu as eu beaucoup de chance. Les pluies acides sont souvent fatales. Chaque jour, des centaines de personnes meurent dans les alentours de la cité, lentement dissous par ces acides. C'est très douloureux.

Il est vrai que nous serions déjà morts si Evelyn ne nous avait pas emmenés. Nous sortons de l'hôpital. Au moment de passer la porte, elle nous dit :

- Vous allez loger chez moi, les enfants.

Elle nous fait alors emprunter l'avenue centrale de la cité. Il s'agit d'une route de pavés, autour de laquelle s'épanouissent de grands immeubles de quartz blanc et de verre. Cette cité, bien que magnifique, semble moins superficielle que Singleton. Nous avançons dans ce milieu sécurisant. La cité est vivante, les gens s'y promènent gaiement. Nous passons devant des écoles, des commerces, des habitations, et de nombreuses places de marbre. Cette cité, tel un village familial, voit ses habitants vivre au rythme de la vie. Nous arrivons sur une grande place. En son centre, se trouve une immense statue de quartz rose, représentant une femme vêtue d'une longue robe et d'un châle semblant l'envelopper dans sa confiance. Son visage serein nous attendrit ; ses yeux ont l'air de chercher quelque chose au loin. Quel magnifique édifice. Autour de cette statue se trouvent de nombreuses fontaines d'eau. Des parcelles d'herbe synthétique sont disposées autour de ces jets d'eau. Nous y voyons des dizaines de chiens y jouer en compagnie des habitants. Voilà la première fois que nous en voyons en vrai. Evelyn nous explique :

- Vous voyez ? La plupart de ces chiens appartiennent à des habitants de la cité. Cependant, certains sont encore des parias. N'importe quelle personne peut les adopter si elle leur promet de l'amour.

Soudain, Jessie s'arrête, obnubilée par ces êtres fascinants. Je m'approche alors d'elle doucement. Dans le coin de son épaule, je lui dis :

- Tu voudrais adopter l'un d'entre eux ?

Elle se retourne alors, les yeux étonnés, elle n'a pas besoin de répondre à cette question. Aussitôt, nous nous approchons de la statue de quartz rose. Cette place est très apaisante, il y fait bon vivre. Sereinement, notre regard se pose sur un petit chien bicolore. Evelyn me dit alors qu'il s'agit d'un Akita Inu Il doit avoir environ six mois. Il regarde la statue avec insistance. Nous nous agenouillons à ses côtés, il se retourne, intrigué par notre présence. Jessie décide alors de le caresser. Evelyn s'approche à son tour, s'accroupit à côté de nous en disant :

-   Vous voyez ? Il n'a pas de collier. Cela veut dire qu'il ne possède pas de famille ou de foyer. Si vous vous sentez de l'adopter, vous pouvez lui proposer de venir avec nous.

Le Akita Inu s'approche alors de nous. Nous le caressons délicatement, il décide ensuite de s'asseoir entre Jessie et moi. Nous le caressons jusqu'à ce qu'il se couche sur le sol. Je me sens particulièrement attendri par ce petit être doux, semblant en quête d'amour. Je regarde alors Jessie dans les yeux, comme pour lui demander de l'adopter. Nos regards semblent se comprendre. Sans plus attendre, Evelyn nous dit :

- Et bien, allons lui trouver un beau petit foulard à mettre autour de son cou. je suis certaine qu'il sera heureux avec vous.

Nous sommes à peine arrivés dans la cité de Daka, et nous voilà déjà en train de nous faire de nouveaux compagnons. Cependant, il nous reste encore à déterminer le nom de cette boule de poils. Nous en proposons alors plusieurs. Soudain, Jessie me dit :

- J'ai une idée ! Nous pourrions l'appeler Haydn. J'aime beaucoup ce nom.

J'avoue que ce prénom me plait beaucoup. Evelyn aussi a l'air de beaucoup l'apprécier. Je lui réponds :

- Très bien. Allons-y pour Haydn.

Nous lui proposons ensuite de nous accompagner. Sans doute, il nous suit sereinement. J'ai l'impression qu'il a trouvé un refuge en nous. De la même manière que sa présence nous sera bénéfique. Bien sûr, nous n'oublierons pas les personnes qui nous ont aidés, comme ce fut le cas de Matthias, ou encore de sa grand-mère, qui ne nous a jamais donné son prénom d'ailleurs. Sur ces pensées, nous suivons Evelyn qui nous guide vers un commerce vendant des foulards et des colliers pour chiens. Je pense aussi que nous en profiterons pour y acheter de la nourriture. C'est avec beaucoup de plaisir que nous marchons sur les pavés des petites ruelles de la cité, avec Haydn à nos côtés. Nous arrivons au devant d'une façade marron agréablement lustrée. Nous passons la porte vitrée. Le monsieur de l'accueil nous salue avec beaucoup de sympathie. Dans le magasin sont disposés de nombreux foulards, des colliers, de la nourriture, et des œuvres d'art sur les murs, toutes représentent des chiens de différentes races. Nous n'avons même pas le temps de nous émerveiller de ce décor, que le Berger Australien du vendeur vient nous saluer à son tour. Pendant que nous le caressons, le vendeur ajoute :

- Vous avez certainement dû être étonnés de la présence de ces chiens dans toute la cité. Le Chancelier, Madame Aquarelle, est mordue de ces animaux fantastiques. Elle a alors décidé de les sauver des pluies acides et de les laisser vivre librement dans la cité de Daka.

Voilà une noble cause. Evelyn fait ensuite essayer des foulards à Haydn. Nous choisissons enfin un foulard de couleur mauve clair duquel pendait un cristal d'améthyste pure. Ce violet se marie parfaitement à Haydn. Nous prenons également un sac de croquettes pour chien. Evelyn sort ensuite du magasin au moment où le vendeur lui dit : "Au revoir." Je lui dis alors :

- Evelyn, nous n'avons pas payé pour ces articles.

Cela n'a pas l'air de déranger le vendeur. Evelyn me répond :

- J'ai oublié de vous parler de cela. La cité de Daka fait partie des rares cités à avoir perdu son système économique. Souvent, pour les personnes n'habitant pas la cité, cette perte est vue comme quelque chose de négatif, mais pour ses habitants, c'est une chose fabuleuse. Nous n'avons pas besoin de payer ce que nous voulons acquérir, car chaque habitant de la cité a un rôle. Nous partons du principe qu'une personne ne veut posséder une chose que parce qu'elle en a besoin. Nous accordons ainsi une large confiance en chaque occupant de la cité. Ainsi, je n'ai pas besoin de payer ce que je choisis de prendre dans un commerce.

Jessie et moi sommes complètement fascinés par ce système. Il sépare l'Homme de l'argent, celui qui est responsable de la situation de la planète entière. Evelyn ajoute :

- Allons maintenant chez moi. Vous pourrez y rester quelque temps.

Nous commençons à marcher le long des ruelles de Daka. En chemin, je demande à Evelyn :

- Comment ferons-nous si nous souhaitons rester dans cette cité ?

Je pense que Jessie doit se poser la même question que moi. Evelyn répond :

- Nous pourrions en faire la demande auprès du Chancelier. Il pourra vous trouver un logement. Vous devrez cependant exercer une activité. Cela peut être de l'art, de l'écriture, de l'artisanat, vous pourriez aussi décider d'aller à l'école, de travailler dans une bibliothèque ou encore de vous occuper des chiens de la cité. C'est à vous de choisir. Ici, toute personne est la bienvenue à partir du moment qu'elle a un rôle. Le mien est de reconstituer les fleurs d'antan. J'ai une petite boutique dans le centre-ville.

Il n'est pas impossible que nous venions habiter dans cette cité si elle nous plait. Il faut aussi dire que nous sommes maintenant forts de notre expérience passée, nous dictant de ne jamais nous arrêter aux apparences. Nous arrivons devant un grand immeuble en quartz épais et dont les vitres sont en quartz rose. Je demande alors à Evelyn :

- Pourquoi les bâtiments sont-ils presque tous faits avec du quartz ?

Elle me répond :

- Je ne suis pas étonnée de ta question. Le quartz n'est pas très difficile à trouver dans les environs. Aussi, nous accordons une signification forte à cette pierre. Elle nous évoque la paix et la sérénité.

Il est vrai que cette pierre nous rend très paisibles et nous inspire une grande quiétude. En entrant dans l'ascenseur, je lui demande :

-   Aussi, pourquoi cette cité est-elle surnommée la cité des fleurs bleues ?

Evelyn me répond :

-   C'est en référence à la femme que tu as vue représentée au milieu de la grande place centrale. Elle se nommait Espérance. Il s'agissait de la fondatrice de cette cité. Elle l'avait parsemée de fleurs bleues. On ne comptait plus le nombre d'espèces de fleurs bleues. Il y avait des lupins, des jacinthes, des hortensias, des brodiaea, des violettes, des althéas, des clématites, des Buddleias, des Streptocarpus, des iris, des volubilis, des rhododendron, des lilas. Enfin, je ne vais pas toutes les énumérer.

Elle se met alors à rire en voyant nos grands yeux ronds. Elle ajoute enfin :

- Il se trouve que mon père était le fleuriste d'Espérance. Je l'aidais beaucoup à fleurir les environs. Malheureusement, les terres se sont trouvées de moins en moins fertiles avec le temps. Il ne nous reste plus que quelques graines que nous ne pouvons planter.

L'ascenseur ouvre ses portes. Evelyn nous fait entrer dans son appartement. Nous passons la porte, ébaubis par la lumière rosée qui éclaire son grand salon. La plupart du mobilier est fait de cristal et de verre. Tout cela semble si luxueux, cependant ces ressources étant abondantes dans les environs, il était facile de s'en procurer ; mais cela n'enlève rien à la beauté de cet endroit. Evelyn sort alors une douce couverture blanche de son armoire, la posant sur le sol pour Haydn. Elle dispose également deux bols de quartz rose ; l'un avec de la nourriture, l'autre avec de l'eau. Nous nous asseyons autour de la table ronde de verre disposée au centre de la pièce. Evelyn nous propose alors :

- Vous boirez sûrement une boisson chaude ?

Sur ces mots, elle commence la préparation de trois chocolats chauds. Pendant ce temps, Jessie demande :

-   Evelyn, comment vis-tu l'absence de monnaie dans cette cité ?

Evelyn sourit, lui répondant :

-   C'est une question que me posent souvent les quelques voyageurs que je rencontre parfois. En soi, je trouve que c'est une libération. C'est grâce à cela que je peux vous inviter aujourd'hui sans me soucier de l'impact que ça aura sur mon porte-monnaie. Vois-tu ? Je trouve que les gens sont beaucoup plus humains que lorsqu'ils étaient endoctrinés par l'argent ; c'est toujours le cas de nombreuses personnes malheureusement.

Evelyn revient à la table en y posant nos boissons chaudes. Elle en profite pour nous demander :

-   Au fait, de quelle ville venez-vous ?

Je me décide à lui répondre :

- C'est un peu compliqué. Nos parents viennent de Singleton, bien que nous ayons perdu leur trace. Nous avons été orphelins pendant de nombreuses années dans une ville assez inconnue. Nous étions forcés de travailler par une horrible femme dénommée Madame Clower.

Evelyn nous regarde alors avec insistance, étonnée par mes mots, elle me répond :

- Tu as dit Madame Clower ? Cette femme est tristement célèbre ici. Elle a déjà tenté de détruire la cité de Daka il y a environ dix ans. C'est une horrible femme cherchant à affirmer son pouvoir sur tout le monde. Heureusement, nous avons réussi à nous en défaire grâce à la menace.

Nous ne sommes jamais débarrassés des personnes de notre passé. Jessie ajoute :

- Il semblerait qu'elle soit à notre recherche.

Curieuse, Evelyn demande :

-   Elle est à votre recherche ? Pourquoi cela ?

Nous ne savons pas vraiment pourquoi elle est à notre recherche. Elle dirige des dizaines de milliers de personnes, alors pourquoi aurait-elle intérêt à nous retrouver ? D'autant qu'il n'a pas été très difficile de s'échapper de la tour de conservation. Jessie lui répond :

-   Nous ne savons pas réellement pourquoi. Probablement pour nous ramener dans notre tour de conservation.

Evelyn n'imaginait pas que nous pouvions venir de l'une de ces tours. Cette révélation l'étonne beaucoup, bien que beaucoup d'enfants y vivent. L'heure du midi retentit de l'horloge blanche accrochée au mur au-dessus de la commode de l'entrée. Nous préparons alors un repas copieux en compagnie d'Evelyn. Il nous faudra décider de ce que nous voudrions faire. Nous allons devoir choisir entre suivre les traces de notre mère, ou rester ainsi, dans cette cité.

L'esprit commun

Chapitre X : Un dilemme existentiel

Nous avons passé notre première nuit chez Evelyn, dans la cité de Daka. Ce matin, autour de la table, nous vient l'idée de continuer nos recherches sur la famille Bruges. Il se trouve qu'il existe encore de nombreuses questions sans réponses. Particulièrement au sujet de notre mère. Nous ne connaissons pas même son prénom. Evelyn a l'air décidée à nous aider. Durant le petit-déjeuner, elle nous dit :

- J'ai une idée pour ce qui est de vos recherches. Contre la place centrale où nous étions hier matin se trouve un bâtiment. Il s'agit du Centre officiel des archives locales. On y trouve la liste de tous les habitants de la cité et de toutes les personnes qui y sont restées plus d'une semaine. Je ne vais pas pouvoir vous y accompagner, je dois aller travailler. Vous allez devoir vous débrouiller seuls.

Il est vrai que cela pourrait nous être très utile dans notre quête d'informations. Jessie et moi irons y faire un tour après le repas. Nous débarrassons nos affaires de la table, enfilons nos manteaux et nous précipitons vers la sortie en direction de la place centrale de la cité. Il doit être huit heures du matin. Au moment d'arriver à la porte de sortie de l'immeuble, nous apercevons une intense lumière rosée. Nous sortons du bâtiment, ébahis par la beauté de la cité de bon matin. La lumière rose est celle du soleil, filtrée par la fine couche de quartz rose qui habille l'immense dôme épais qui surplombe la cité. La lumière semble varier de couleur au fil des différentes heures de la journée. Nous entamons le chemin vers la place centrale. Je repense alors à la statue disposée en son centre. Nous l'avons observée hier. Elle semblait perdue dans le milieu de la cité avec son regard évasif. C'est avec beaucoup de plaisir que je revois les rues vivantes du quartier. Nous revoyons les chiens parias qui peuplent la cité s'amuser dans les petites ruelles qui la parsèment. Avec un espoir abondant, j'espère trouver des informations décisives dans ce centre. A peine ai-je formulé cette pensé que nous arrivons à l'entrée de la place centrale, retrouvant la somptueuse statue de quartz qui règne sur cette paix environnante. Avant de partir à la recherche du centre, je décide de m'en approcher. Elle est posée sur une stèle de marbre sur laquelle est écrit : "Espérance, une femme forte, sauveuse de la paix." Visiblement, cette femme représentée ici devait être importante pour la cité. Il est curieux qu'Evelyn ne m'en ait pas parlé. Jessie m'attend plus loin. Je décide de la rejoindre. Accolé à la place, j'observe un immense bâtiment de verre, en forme de décagone, comme une grande serre. Mon intuition m'y guide, suivi par Jessie. Voilà un édifice vraiment très étrange. La porte d'entrée est difficile à trouver. J'ai l'impression de ne pas savoir dans quel sens aborder cette construction de verre. Nous en faisons ainsi deux fois le tour. Il se trouve que l'entrée est discrète, il ne s'agit que d'une petite porte de cristal au-dessus de laquelle est écrit : "Centre officiel des archives locales." Nous y entrons. Après la porte d'entrée, nous distinguons des dizaines de bibliothèques de plusieurs dizaines de mètres de long alignées. Chacune possède une lettre. Nous avançons vers celle portant la lettre B. Une fois dans l'allée, nous observons une nouvelle division de l'alphabet correspondant à la deuxième lettre. Nous longeons les étagères jusqu'à la lettre R. Nous arrivons dans un grand compartiment faisant environ 5 mètres de long. Chacun d'un côté, nous entamons nos recherches, en quête d'informations sur la famille Bruges. Après de longues minutes, je trouve enfin la zone des "bru". Il ne me faut pas longtemps pour tomber sur la famille Bruges. Je prends le carnet en main, sollicitant Jessie pour qu'elle me rejoigne. Nous nous regardons avec beaucoup de complicité avant de l'ouvrir. Je me décide à y feuilleter la première page sur laquelle est écrit : "La famille Bruges, archive de 1998." Ce document existe donc depuis près de soixante ans. Il y a plus de 200 pages dans ce livre. Chaque page correspondant à un profil, traduisant le passage d'une personne de la famille. Sur chaque page se trouve aussi un arbre généalogique précis. Dans le sommaire, Jessie remarque qu'il existe aussi un arbre généalogique complet et global de toute la famille. Jessie et moi ne figurons pas dans les pages individuelles, nous ne connaissons pas non plus le nom de notre mère. Nous nous reportons alors sur cet arbre. Une multitude de personnes y figurent. Nous portons nos regards sur le bas de l'arbre, jusqu'à y trouver nos prénoms. Il semblerait que le prénom de notre mère soit Espérance. Jessie dit :

- Espérance, voilà son prénom. Je le trouve très joli.

Je l'aime aussi. Je me mets alors à chercher son prénom dans le sommaire. Si elle possède une page individuelle, cela voudrait dire qu'elle est déjà passée par la cité de Daka. Cela signifierait aussi qu'elle y serait probablement restée plus d'une semaine. Nous recherchons activement. Soudain, Jessie pose expressément son doigt sur la feuille en s'exclamant : "Ici !" Elle a trouvé Espérance. Page 145. Nous nous empressons de la trouver. Heureux que notre mère figure dans le livre, nous scrutons soigneusement son profil. Il semblerait que notre mère soit restée cinq mois dans cette cité. Je sens les mains de Jessie trembler d'excitation. Soudain, elle lâche subitement le livre qui tombe à ses pieds. Je lui dis :

- Que se passe-t-il Jessie ?

Elle se penche en tremblotant pour ramasser le livre, en se relevant, elle me dit :

- J'ai vu quelque chose de bizarre. Regarde l'arbre généalogique ; à côté de notre mère.

Je me munis du livret familial. Je regarde alors l'arbre généalogique en détail. Rien ne me perturbe. Jessie ajoute :

-   Regarde le nom de la demi-soeur de notre mère.

Quelle surprise ! Elle se nomme Emilie Clower. Madame Clower serait donc la demi-sœur de notre mère. C'est peut-être pour cela qu'elle est à notre recherche. Jessie se lève alors, se dirigeant vers l'entrée du centre. J'imagine qu'elle s'apprête à passer la porte, mais elle lui passe devant, l'air indifférent. Elle entre enfin dans une autre allée située à côté de la notre. Ça doit être l'allée des C. Elle avance déterminée. Arrivant dans la zone des L, elle s'arrête et saisit un livret. Après quelques secondes, elle le ferme subitement et le repose sur l'étagère activement. Je lui demande alors :

-   Que se passe-t-il ?

Elle se dirige alors vers la porte, l'air dans ses pensées. Elle me répond en souriant :

-   Rien du tout. Allez, nous devons partir.

Aussitôt, elle passe la porte d'entrée du centre. Elle se retourne une fois dehors, l'air de m'attendre. Son comportement est très étrange. Néanmoins, je lui fais confiance et décide de ne pas poser de questions. Je sors alors aussi du centre de verre. Au dehors, la ville semble très silencieuse. Nous décidons de rentrer chez Evelyn, étonnés de cette discrétion. Seuls les chiens parias traversent les rues ainsi que quelques personnes pressées de rentrer. Ce climat n'a pas l'air d'être désagréable. C'est dans l'incompréhension que nous marchons le long des ruelles en direction de l'appartement. Sur le chemin, j'observe la lumière qui pénètre le dôme de la cité changer au fil de la journée. Elle est maintenant d'un orange chaleureux. Nous arrivons devant l'immeuble, entrons, prenons l'ascenseur et accédons à la porte d'entrée. Evelyn est déjà rentrée. De la grande baie vitrée du salon, j'observe la même cité silencieuse. J'en profite pour demander à Evelyn :

- Pourquoi la ville est-elle si silencieuse aujourd'hui ?

Elle s'exclame, en me répondant :

- J'avais oublié de vous en parler. Aujourd'hui est un jour très spécial. C'est le jour de la commémoration de la cité de Daka. Nous rendons hommage à sa création. Je prépare donc un repas de fête pour ce soir.

Jessie demeure pensive devant la vitre de cristal. Elle vient enfin briser le silence en marmonnant :

- Voilà qui est étrange.

Je lui réponds :

- Qu'est-ce qui est étrange ?

Elle ajoute :

- Au pied de la statue centrale de la cité était écrit : "Espérance, une femme forte, sauveuse de la paix."

Notre mère porte le même prénom. J'ajoute :

- Serait-il possible que ce soit notre mère ?

Jessie sort alors la photo qu'elle conserve toujours sur elle. Elle me la tend. Voilà qui est troublant. Il s'agit trait pour trait de la même personne. J'y voyais déjà un air de ressemblance, mais après avoir revu sa photo, il n'y a plus de doute. Je demande alors à Evelyn :

- Tu es bien silencieuse depuis tout à l'heure. Sais-tu quelque chose sur cette statue ?

Elle sort alors de la cuisine et s'assied autour de la table. Après un silence de marbre, elle nous raconte :

- Nous évitons d'en parler dans la cité. Je vais cependant vous accorder le droit de savoir ce que je m'apprête à vous dire. Il se trouve que la femme représentée par cette statue est la fondatrice de la cité. Espérance était une femme comblée de rêves et d'idéaux. Elle a ainsi formé l'espoir de toute cette cité.

Notre mère serait alors la fondatrice de cette cité. Curieux, je demande :

- Mais pourquoi cette histoire est-elle taboue ?

Evelyn baisse la tête, comme affectée par ma question. Elle s'efforce alors de me répondre :

- Espérance a disparu. Elle a subitement quitté la cité. Certains disent qu'elle était métamorphosée, qu'on ne la reconnaissait plus.

Voilà qui nous rend interrogatifs. Evelyn ajoute :

- Enfin, ce n'est qu'une légende. En soi, notre seule certitude est qu'elle a déserté la cité il y a fort longtemps.

Voilà une histoire étrange. A Singleton aussi, on nous avait parlé de notre mère en tant que déserteur. Elle doit être passée par de nombreuses cités. Visiblement, elle a l'air d'avoir fait le bien autour d'elle, où qu'elle soit passée. Après réflexion, Jessie demande à Evelyn :

- Tu nous avais dit que Madame Clower avait tenté de détruire la cité. En sais-tu les raisons ?

Toujours à la table, Evelyn répond :

- Oui, c'était il y a des années. Je crois qu'elle cherchait à récupérer des enfants de la cité pour les emmener dans sa tour de conservation. Suite à la résistance des habitants, elle a décidé d'employer la force et de détruire le village. Une partie a été rasée par ses hommes, une autre a pu être protégée grâce aux habitants.

Madame Clower est abominable. Jessie demande :

- Quelque chose m'échappe. Pourquoi Madame Clower chercherait-elle à emmener des enfants dans sa tour de conservation ?

Evelyn se lève subitement, en marchant activement vers la cuisine, elle termine :

- Je vous en ai déjà trop dit. Il faut que j'aille préparer le dîner.

De mon côté aussi, quelque chose m'échappe. Lorsque nous étions dans la tour de conservation, nous croisions rarement Madame Clower. Elle sortait beaucoup de la tour. Cependant, je ne comprends pas pourquoi elle chercherait à acquérir d'autres enfants. Jessie prend son manteau, met ses chaussures et passe la porte d'entrée. Je lui demande :

- Mais où vas-tu ?

Sur le point de fermer la porte, presque complètement sortie de l'appartement, elle me répond :

- Je dois vérifier quelque chose. Ne me suis pas s'il te plait.

Aussitôt, elle ferme la porte, ne laissant que l'écho du claquement de la serrure qui envahit la pièce, ainsi que le bruit sourd de ses pas qui se dirigent vers l'ascenseur. Je m'assois alors autour de la table, ayant pour seule compagnie le silence solennel du salon que seuls les bruits provenant de la cuisine viennent perturber. Sur la commode de l'entrée est posée une mallette sombre. Je me lève de ma chaise pour l'ouvrir. J'y trouve des décorations, de la belle vaisselle, des couverts, des verres en cristal, des serviettes décoratives et des bougies. En-dessous de cette mallette se trouve une grande nappe adaptée à la taille de la table. Dès lors, je la dispose. J'y ajoute les assiettes ainsi que tous les accessoires que je trouve dans cette mallette. Je répartis des petites paillettes bleues et blanches sur toute la surface de la table. Enfin, je termine ce dressage avec les bougies que j'installe dans des coupelles de quartz bleu. La table est magnifique ! Une fois les bougies allumées, la pièce s'illumine chaleureusement. Il n'a pas fallu longtemps pour que le crépuscule s'invite dans la cité. Le soir, la lumière tourne au violet, avec une teinte de bleu foncé. Elle pénètre la pièce par la grande baie vitrée de cristal et de quartz rose, venant se refléter sur le mobilier de l'appartement, ainsi que sur la table et ses décorations. Chaque soir, ce doux spectacle est admiré des innombrables fenêtres des tours et des bâtiments de la cité. La population, comme pour prier, rend une trêve solennelle à la beauté de ce spectacle. De même, j'admire comme hier soir, cette danse des couleurs près de la grande vitre. Je partage ainsi la vie de tous les habitants de la cité. Je suis aussi en dehors de cela, celui qui donne un regard observateur et interrogateur. Le silence demeure maître des lieux. Chaque soir, quand vient la nuit, nous plongeons la cité dans l'antre de la paix et de la contemplation. Quelle belle cité ! Soudain, j'entends la clenche de la porte d'entrée s'ébruiter. C'est Jessie qui revient. Je lui demande :

-   Où étais-tu ?

Elle entre, pose son manteau sur le porte-manteau. Elle me dit alors :

-   La table est très belle. C'est toi qui l'as décorée ?

Je pense qu'elle se pose beaucoup de questions. Il serait peut-être sage de la laisser cogiter jusqu'à ce qu'elle m'apporte ses conclusions. Je lui réponds :

-   Oui. Je suis content que cela te plaise.

J'entends Evelyn nous appeler. Elle sort de la cuisine avec un plat duquel s'échappent de merveilleuses odeurs. Il s'agit d'un gratin de pommes de terre. Elle le pose au centre de la table. Nous nous asseyons, en remplissant généreusement nos assiettes, elle nous dit :

-   Vous savez, les habitants avaient l'habitude de manger du saumon et du foie gras lors des jours de fête. Aujourd'hui, ce n'est plus possible. Les seules personnes pouvant encore le faire sont riches. Les animaux de la ferme sont devenus une denrée excessivement rare. Je n'ai pas connu ce temps où il y en avait partout.

Evelyn a alors opté pour un appétissant gratin de pommes de terre. Voilà qui nous ravit. Jessie et moi profitons de l'odeur de la délicate fumée qui s'échappe de nos assiettes. Aussitôt, Evelyn dit :

-   Allons-y ! Mangeons tant que c'est encore chaud.

Je sens beaucoup d'amour venir d'Evelyn. Elle nous aide vraiment beaucoup. C'est véritablement la première fois que Jessie et moi ne nous posons pas de questions à propos de cette cité. Elle est bienveillante et ne m'inspire pas la méfiance comme ce fut le cas à Singleton. Nous passons une merveilleuse soirée en bonne compagnie. Au moment du dessert, je me lève de table et marche en direction de la baie vitrée. J'observe alors la ville plongée dans l'obscurité. La nuit, tous les chats sont gris et toutes les ruelles sont sombres, tamisées par la lumière timide que reflète la lune. Le temps vient ternir la flamme qui vit sur les bougies. C'est à la fin de la soirée qu'elles s'éteignent avec l'esprit de la commémoration de la naissance de la cité de Daka. Ce fut une soirée très plaisante, j'en suis ravi.

L'esprit commun

Chapitre XI : Dénouement

Aujourd'hui, j'ai trouvé un chemin pour rentrer chez moi. J'ai trouvé un foyer pour m'épanouir ; dans une cité honnête, qui ne cache pas ses difficultés. C'est avec enthousiasme que nous nous sommes levés ce matin, lendemain du jour de fête qu'est la commémoration de la cité de Daka. Je retrouve ainsi l'air rosé du matin dans le monde des fleurs bleues. Je pensais à une journée paisible, à visiter les parcs de la cité avec Jessie. Je souhaitais profiter pleinement de cette journée qui s'annonçait merveilleuse. Cependant, le destin en a décidé autrement. Voilà maintenant dix minutes qu'une alarme retentit dans toute la ville. Au début, je n'ai pas compris ce qui se passait, mais suite aux explications d'Evelyn, j'y vois clair maintenant. Cette alarme annonce un danger imminent. Je ne devrais pas, mais il m'est impossible de rester assis autour de la table cristalline du salon. Je me lève, hébété, sans savoir où aller, ni même ce qui se trame aux portes de la cité. Je prends l'ascenseur et sors de l'immeuble. J'entends alors le son des alarmes qui sonnent sans cesse en décalé dans toute la cité. Ces sons sont réfractés par le dôme qui les rend insoutenables. Je me vois courir vers la porte de la cité. Après quelques minutes, Je vois Jessie et Evelyn derrière moi, ayant eu la même idée d'aller voir ce qui se passe. C'est certainement très inconscient de notre part, mais nous ne pouvons pas nous empêcher de laisser vivre notre curiosité, nous ne pouvons la freiner. Haydn aussi nous a suivis. Il court, inquiet, à côté d'Evelyn. Au moment d'arriver devant la porte d'entrée de la cité, nous apercevons d'innombrables véhicules noirs, des chars, des camions blindés, des voitures munies de canons imposants. Je ne parviens pas à tous les compter, d'autant que notre brève observation vient être perturbée par l'arrivée d'une grande femme au cheveux noirs. Je m'approche lentement jusqu'à me trouver à une dizaine de mètres d'elle pour la voir davantage. J'entends alors l'étonnement de Jessie et d'Evelyn. C'est Madame Clower ! Les fleurs de cerisier qui bourgeonnent chez les brigands ont des pétales de la couleur du sang. Il est certain que ces personnes ne nous veulent pas du bien. Au bruit de ses talons hauts, elle avance, sûre d'elle, un pas après l'autre jusqu'à se trouver à quelques mètres de moi. Elle nous dit alors d'un air attendri :

-   Les enfants, le petit jeu a assez duré. Rentrons à présent.

Pourquoi a-t-elle mobilisé tant de forces pour nous ramener ? Je lui réponds :

-   C'est hors de question ! Nous avons trouvé un foyer ici, à Daka.

Aussitôt, je vois son visage se décomposer et venir s'imprégner de colère. Elle rétorque :

-   Très bien. A vrai dire, je m'attendais à une telle réaction. Si la diplomatie ne porte pas ses fruits, je vais me voir contrainte d'employer la force. Vous m'excuserez si je détruis cette cité une bonne fois pour toutes.

Je sens la colère monter en moi, je réponds agressivement :

-   Vous êtes complètement folle ! Quoi que vous fassiez, cela ne nous empêchera pas d'aller à la recherche de notre mère et de nous défaire de votre tyrannie !

Soudainement, elle adopte une expression neutre, entre déçue et incomprise, puis elle ajoute :

- Oh, je vois que tu n'as pas bien compris la situation, Tom.

Troublé, je rétorque :

- De quelle situation parlez-vous ?

Jessie me dit alors :

- Tom, je n'ai pas osé t'en parler, mais...

Coupant la parole à Jessie, Madame Clower réagit :

- En effet, Tom. Vois-tu, ton combat est une cause perdue.

Elle se met alors à rire vivement, comme si elle nous méprisait. Elle ajoute :

- Car vois-tu, ta véritable mère se trouve juste devant toi.

Elle me regarde alors intensément avec un grand sourire maléfique. Je rétorque vivement :

- Ce que vous dites n'a aucun sens, ma mère s'appelle Espérance.

Je sens le monde autour de moi s'effondrer. Je ne comprends plus rien. Aussitôt, elle rétorque :

- Oui, c'est comme cela que je m'appelais autrefois. Je vois que personne ne t'a raconté cette histoire. A vrai dire, peu de personnes la connaissent. Espérance était la femme naïve et faible que j'étais naguère. Aujourd'hui, je suis bien plus puissante.

Evelyn sursaute alors. Étonnée, elle dit :

- C'est vous ? Vous êtes la fameuse Espérance que représente la statue centrale de la cité.

Madame Clower répond :

- Oui, telle était la femme que j'étais. J'avais de grands espoirs pour l'avenir. J'ai tellement souffert à cause des hommes. Un jour, un homme a tenté de m'assassiner à cause de mes engagements pour la planète. Il se trouve que c'était mon père. J'ai été contrainte de le tuer. J'ai tant été blessée au cœur. Enfin, nul besoin de me soucier de ça, c'était il y a des années.

Elle se retourne, l'air pensif, elle termine :

- Bon ! Assez parlé. Venez avec moi les enfants. Je vous donne une dernière chance.

Je regarde alors Jessie pour voir sa réaction. Elle reste stoïque, bien décidée à rester là. Nous sommes sur la même longueur d'onde. Ainsi, je resterai dans la cité de Daka. Le visage dans ses cheveux mi-longs, Madame Clower dit alors :

- Très bien ! J'aurais dû m'en douter. Soit. La force sera alors de mise, vous serez donc responsables de la destruction de cette cité pitoyable.

Elle lève alors le bras droit, faisant un signe de la main à ses gardes pour leur ordonner d'attaquer la cité. Aussitôt, toute l'artillerie se met à avancer lentement. Nous nous dirigeons alors vers la cité, poursuivis par le regard perçant de Madame Clower. Pendant que nous nous enfuyons, Je demande à Jessie :

- Tu le savais ? Tu n'as pas eu l'air étonnée.

Elle est bien silencieuse depuis peu. Je pense qu'elle me cache quelque chose. Elle répond ensuite :

- Je m'en doutais. J'ai remarqué une incohérence dans les archives. Lorsque je suis allé voir le livret de Madame Clower, elle n'avait pas de parents et de sœurs non plus. Je me disais que quelque chose clochait. Cependant, j'étais loin d'imaginer qu'elle et Espérance étaient la même personne.

Cela doit être pour cela qu'elle était partie hier sans explications. Nous n'avons pas le temps de discuter de cela. Soudain, nous entendons une explosion violente venir du dessus du dôme. Il ne lui faut que quelques secondes pour s'écrouler brusquement comme un château de cartes sous nos yeux. Nous nous réfugions contre un bâtiment pour nous protéger des nombreux éclats de verre et de cristal qui s'apprêtent à nous tomber dessus. Je ferme alors les yeux de toutes mes forces. Jessie fait de même en serrant Haydn dans ses bras. Ces quelques secondes paraissent durer des heures. C'est en nous recroquevillant que nous laissons ces éclats s'écraser sur le sol pavé de la cité. Le bruit sourd qu'ils répandent nous envahit, tout comme il se saisit de la cité, nous laissant au sol, à nous demander si cette salve fut fatale pour nous. Ou pour d'autres. Il est certain que ce fut le cas. Néanmoins, nous nous relevons sans difficultés. Il ne nous reste que nos yeux pour observer ce désastre ayant déjà radicalement transformé le visage de la cité de Daka. Nous continuons alors notre fuite au rythme des coups de feu et des nombreuses détonations venant des portes de la cité. Semblant ignorer les cris des victimes de ce massacre, les habitants fuient tous pour se sauver, se jetant par centaines dans les ruelles bondées. Au fil de cette scène fantasmagorique, nous comprenons que l'artillerie de Madame Clower se rapproche dangereusement et qu'elle viendra bientôt nous acculer dans le fond de la cité, là où sont les fermes bioponiques. Elles constituent la principale source de nourriture de la cité. Si elles étaient détruites, c'est l'arrêt de mort de la cité qui serait signé, menant probablement les habitants à déchirer la cohésion qui semblait si inébranlable jusqu'à aujourd'hui. Madame Clower va trop loin ! Je n'arrive pas à comprendre ce qui lui motive de tels actes. Comme si elle lisait dans mes pensées, tout en courant pour nous réfugier, Jessie me dit :

- Je pense qu'elle est profondément triste. Même si je ne parviens pas à la cerner complètement, il est évident qu'elle est rongée par la peine.

Il est évident qu'elle est rongée par la peine. Voilà une phrase qui résonne dans ma tête. C'est peut-être pour cela qu'elle s'entoure d'enfants ; bien qu'elle les force à venir avec elle et à rester dans sa tour de conservation. Peut-être sommes-nous les derniers joyaux qu'elle voudrait ajouter à sa collection. Ou peut-être sommes-nous simplement les épaves meurtries du passé qu'elle essaie de se reconstituer. Quoi qu'il en soit, il nous faudrait la raisonner, ou la tuer. Nous arrivons près de la place centrale de la cité sur laquelle s'agglutinent les gens désespérés par tout cela. Embarqués dans notre fuite, nous n'avons même pas remarqué le changement drastique de lumière, transformant la cité en un lieu monstrueusement grotesque baignant dans la putride lumière jaunie de la pollution. Cette bulle qui nous protégeait nous empêchait de regarder le monde dans les yeux. Cette scène désespérée est admirée par le regard vide de la statue d'Espérance qui constate au loin les vestiges d'une vie utopique passée, ainsi que l'espoir d'une femme désireuse d'une vie meilleure. C'est au milieu des habitants éperdus, criant à l'aide et perdant petit à petit l'espoir qui leur était dû que je comprends soudainement la haine qui ronge Espérance. Les gens viennent alors s'armer brièvement et avec ce qu'il peuvent récupérer. Ils s'apprêtent à se battre pour protéger la cité de Daka et ses nombreux enfants. Dans la foulée, je me munis d'un couteau pointu datant probablement de la guerre de la bande passante, il est décoré d'un camouflage de l'armée. Je le glisse ainsi dans la poche de ma veste rouge. Il me semble que les gens cherchent à protéger la statue de la cité car ils auraient pu aller se réfugier bien plus loin dans les recoins reculés de la cité. Seulement, ils croient encore en la figure d'Espérance dont la seule image suffit à raviver la foi des habitants. Dans la terreur se faufile l'espérance, dans les âmes en peine se glisse le diable. Jessie reste contre la statue avec Haydn. Espérance arrive dans l'avenue centrale y menant, suivie par son armée. Une fois à quelques mètres de moi, elle s'arrête. Sur ses talons hauts, elle adopte une posture confiante. Cependant, ses yeux maquillés de noir qu'elle a dû repoudrer à plusieurs reprises et laissant couler quelques fils de mascara sur ses joues trahissent ses émotions. Tristesse, elle doit s'en voir envahie. Je m'approche précautionneusement d'elle à pas lents. Au fil de mon approche, j'aperçois son regard meurtrier, perçant et blessé traverser le mien. Pourtant, je ne suis pas perturbé. J'arrive à moins d'un mètre d'elle. Elle s'agenouille, laissant ce qui reste de son maquillage couler sur ses joues rouges et former des gouttes sombres qui viennent tomber sur le sol bétonné de la place. Un silence s'empare de la cité. Comme si les habitants avaient cessé d'avoir peur et qu'ils m'observaient définir le dénouement de la cité. Dans ce grand vide, Espérance me dit timidement :

- Tu vas devoir me tuer, Tom.

Le silence s'intensifie encore. Elle ajoute :

- Si je continue, je risque de tout détruire sur mon passage. Je garde de rares moments de lucidité bien trop vite perdus pour laisser place à la folie. Tu ne vas pas avoir le choix, tu devras mettre fin à mes jours.

C'est à ce moment que je me rends compte des maux qui la rongent. Elle a perdu toute sa personnalité, celle qui faisait d'elle une femme forte, libératrice des peuples, qui inspirait le respect et l'amour. Cette personnalité s'est envolée avec l'espoir de la cité de Daka. Elle demeure contrôlée. Elle s'estompe pour n'être que haine. La main tremblante, je sors le couteau que j'avais glissé dans ma poche. Je le dispose sur le cœur d'Espérance. Au bout de quelques secondes d'hésitation, Jessie me dit au loin : "Je vais le faire !" Elle s'approche alors lentement de nous. Au moment d'arriver à côté de moi, je lui cède le couteau. Elle s'en munit, aussi inquiète et tourmentée que moi. Je place ainsi ma main sur la sienne. Tout le monde semble concentré sur cette scène ; dans ce silence solennel, Espérance s'allonge sur le sol pavé et se voit transpercer le cœur par les mains de ses propres enfants, ayant arrêté sa folie, comme pour réprimander une jeune fille étant allée trop loin dans ses bêtises. Nous restons contre notre mère ensanglantée qui nous cède ses derniers mots : "Je suis désolée, je vous aime." Juste avant de rendre l'âme, elle nous prend les mains, les serrant avec force comme pour nous donner son cœur. Nous restons ainsi quelque temps, une larme s'échappe, bien vite suivie par un torrent de tristesse, de regrets et de peine. La vie s'est échappée de son corps avec son timide désir de rendre le monde meilleur. Le voilà qui s'évanouit à jamais.

L'esprit commun

L'esprit commun

Chapitre XII : Après l'apocalypse
Un an plus tard...

Cher Tom,

En ces mots, je t'adresse mes pensées et mes maux. Nous avons vécu de nombreuses aventures fabuleuses, bien que souvent traumatisantes. La dernière était celle de trop. Je suis souvent silencieuse, mais aujourd'hui, je m'en remets à toi, pour assurer l'avenir dont notre mère rêvait tant. Je t'adresse également mes excuses. Je suis bien consciente d'abandonner le navire qui avait déjà tant de mal à tenir sur l'eau. J'ai souvent eu l'impression d'une enclume nouée à mes chevilles, elle m'a finalement conduite jusqu'aux abysses. Tom, je te remets tous mes espoirs. Puissions-nous nous retrouver. Adieu.

Jessie

Après le meutre d'Espérance, j'ai trouvé cette lettre au bord de ma table de nuit. Il fut un temps, je pensais à la mort ; j'étais bien loin d'imaginer la côtoyer si fréquemment. Cependant, je ne sais pas ce qu'est devenue Jessie. Son corps n'a jamais été retrouvé et personne n'en a plus jamais entendu parler. Après que nous avons ôté la vie de notre mère, nous sommes restés ainsi disposés sur ce qu'il restait d'elle durant des heures. Pendant que nous broyions du noir au beau milieu de la place centrale de la cité de Daka, un vieil homme est venu nous réconforter. Nous n'étions point en état de céder le moindre mot, ni le plus petit geste qui soit. Nous nous sommes réveillés quelques heures plus tard dans une pièce sombre. Par-delà les rideaux noirs, s'émancipaient les habitants de la cité de l'air pur qui constituait leur habitat paisible. La véritable apocalypse eut lieu après le massacre. Nous eûmes tous l'important devoir de reconstruire la cité, à commencer par le dôme. Son absence nous mit tous en danger. Lorsque j'étais dans les bras de Morphée, une partie avait déjà été reconstituée. Je vis toutes ces petites mains s'activer comme des fourmis, s'adonnant à la reconstruction de ce merveilleux endroit. Néanmoins, la cité de Daka n'aura jamais été si différente. Elle avait perdu une grande partie de sa lueur qui faisait d'elle un petit coin de paradis. Après avoir parcouru les rues de la cité, je me suis arrêté. Je trouvai un petit banc de bois qui m'inspirait un refuge certain. Je me suis assis dessus. C'est à cet instant que j'eus la certitude que Jessie ne reviendrait pas et que son âme était partie rejoindre les cieux. Un jour, elle me dit cette phrase qui m'était sortie de l'esprit mais me revint durant cet instant : "Tom, rien ne sert d'avoir pitié des morts. Aie pitié de tous les vivants ; et par-dessus tout, de tous ceux qui vivent sans amour. Les morts auront toujours des anges gardiens qui veilleront sur eux. Ils sont en paix, j'en ai la certitude." Ce jour-là, je me rendis compte qu'elle n'avait pas simplement décidé de quitter ce monde, mais qu'elle avait vocation à devenir cet ange, gardienne des âmes de la cité et aussi de celle d'Espérance. Je me retrouvais seul dans ce monde un peu trop lourd pour moi. Il était bien plus facile de le partager avec Jessie. Peut-être avait-elle tenté de me protéger. Quoi qu'il en fut, la cité n'allait pas se reconstruire seule. Accompagné de Haydn, je fis le tour de la cité à la recherche de bonnes actions à accomplir. J'avais ainsi aidé Evelyn à repeindre la façade de son immeuble, mais aussi les tenanciers à rénover leurs bâtiments. Le dôme ne prit que quelques heures à être entièrement refait. De l'extérieur, il semblait que la cité n'avait pas vraiment changé, seulement, et même si elle avait en réalité été embellie, nous, les habitants de Daka, avions profondément changé et osions aborder le regard du monde extérieur avec force et courage, toujours en ayant à l'esprit que cette situation ne serait point définitive et qu'elle finirait par s'arranger. Le lendemain, je me fis naturaliser sous l'air rosé de notre dôme évangélique. Nous consacrâmes cette journée à la mémoire des victimes de Daka, et à celle de Jessie. Le soir même, Evelyn et moi avons décidé de passer le dîner ensemble. Nous étions divisés entre la joie de faire partie de la cité et la tristesse d'un être cher disparu. Au moment d'éteindre les bougies de la table de l'appartement, nous allâmes nous coucher sans attendre les heures sombres qui prirent l'habitude de s'interposer dans nos têtes chaque soir. Nous n'eûmes ni l'occasion, ni l'envie d'admirer le paysage bleuté du soir. Le lendemain matin, nous passâmes la journée à aider les habitants, comme à notre habitude. Il est évident que le système dont nous jouissions favorisait l'entraide et la fraternité. Toute personne, si elle avait une utilité ou une activité, pouvait profiter des avantages de la cité et manger à sa faim. Une fois que les réparations et les rénovations seraient effectuées, j'allais devoir intégrer l'Ecole normale de Daka. J'avoue que j'étais fort sceptique. La seule école que j'avais connue était celle de notre tour de conservation. Nous recevions quelques pauvres heures d'enseignement, apprenant des notions ennuyeuses et rébarbatives. C'est ainsi que j'eus une très mauvaise image de cette institution. Durant plusieurs semaines, les jours devinrent répétitifs. Bien que les personnes que j'aidais chaque jour me comblaient de leur reconnaissance, j'avais l'impression de n'inspirer que la pitié, voilà qui avait le don de m'agacer. Les habitants reprirent bien vite leurs habitudes et oublièrent la situation du dehors. Pourtant, je rêvais de découvrir un autre monde. Un monde dépourvu de pollution, dans lequel l'homme pourrait s'épanouir en harmonie avec la nature. J'y pensais chaque soir, cela me permettait de songer à d'autres choses plus saines. Je développais de nombreux stratagèmes pour comprendre comment retrouver un semblant de nature et de verdure. Sans que je le sente venir, le moment d'aller à l'école arriva. La veille, Evelyn et moi avions préparé mes affaires en achetant cahiers et crayons. Je n'eus point beaucoup d'informations de sa part. Il faut dire qu'à part les rares natifs de la cité de Daka, personne ne savait véritablement ce qui se passait à l'école. Le soir, j'eus beaucoup de difficultés à m'assoupir. Pour la première fois depuis plusieurs semaines, j'osai regarder l'horizon de la cité bleutée. Je me rappelai soudainement cette vision magnifique et de la lumière divine qui enveloppait le paysage. À l'intérieur, j'eus l'impression d'un grand bol d'air frais. Cette vision suffit à me détendre. Je pus ainsi m'endormir. Le lendemain matin, je préparai mes affaires avec soin, vêtu d'un modeste costume trois-pièces. J'enfilai enfin une petite cravate noire. Devant le miroir de la salle de bain, je me regardai quelque temps, guettant la moindre imperfection. Je demeurais songeur, mais c'était avec une certaine sérénité cachant une légère anxiété que je sortis de l'appartement. Je descendis par l'ascenseur. Lorsque je passai la porte, je sentis un air frais m'envelopper, ce fut très agréable. J'eus l'impression d'en avoir rêvé toute la nuit, ainsi que du moment où j'allais commencer le chemin de l'école comme je le fis. En ce jour-là, la cité avait déjà été presque totalement reconstruite. Je me dirigeais habilement sur les pavés de la place d'Espérance. Un bref regard jeté, une légère révérence et je me vis reprendre le chemin, bercé des regards admiratifs des habitants. Je n'inspirais désormais plus la pitié. Les gens voyaient en moi un symbole d'espérance et de réussite. Aussi, j'éprouvai une profusion d'amour pour ces figures bienveillantes ayant bercé mes moments de résidence. Je passai aussi devant la bibliothèque de verre qui était étonnamment intacte. J'étais un nouveau garçon, un garçon qui ne se laissait point attendrir par les apparences. Jessie m'avait appris la robustesse. Un garçon avec de nouvelles manières de se vêtir. Tel cet homme que j'étais, j'arrivai devant l'école normale de la cité de Daka. Je pénétrai dans le grand hall dans lequel s'exposaient de nombreuses huiles sur toile. On y voyait d'innombrables styles : classique, abstrait, impressionniste, futuriste, naturaliste. Je n'eus point le temps de tous les dénombrer. Il me fallut vite m'identifier auprès de la réceptionniste. Elle m'inspirait la contradiction. Élégante d'un magnifique costume embelli d'un nœud-papillon, elle avait coloré ses cheveux d'un bleu majorelle sublime. Je me tins devant son grand bureau. Elle me salua chaleureusement. Je me sentis aussitôt en confiance. Elle me dit :

- Vous devez être Tom, n'est-ce pas ?

Cette phrase me prit au dépourvu. Il était étrange qu'elle soit capable d'énoncer mon prénom sans une once d'hésitation. De plus, pourquoi me vouvoyait-elle ? Je répondis :

- En effet, c'est moi.

Elle répliqua aussitôt avec un sourire discret :

- Je vous reconnais. Vous êtes devenu très populaire après les événements récents. Vous êtes maintenant le bienvenu dans la classe E. Votre premier cours commence à 8h30. Je vous laisse aller dans la salle F007.

Sur ces mots, j'allai vers l'aile F de l'établissement. Je vis ainsi défiler les nombreuses salles de cours parsemées dans tout le bâtiment. J'arrivai alors devant la salle F007. Sur la porte d'entrée était collé une petite feuille sur laquelle était écrit : "Nous ne faisons pas de bruit, nous travaillons." C'est en entrant dans la salle que je compris la véritable signification de ce message. La salle était grande. Au fond, reposaient des instruments de musique. Il n'y avait personne. Je m'installai alors au troisième rang de la salle, contre la fenêtre, attendant l'entrée d'une autre personne. Assis sur une chaise confortable, je me sentais apaisé. Soudain, je vis la poignée de la porte se baisser. Un homme entra. Il portait un costume trois-pièces bleu foncé. Il se tint devant moi en me disant chaleureusement :

- Tu dois être Tom. Je suis enchanté de faire ta connaissance.

C'était un homme charmant avec de bonnes manières. Je me sentis aussitôt en confiance. Nous n'eûmes point le temps de discuter davantage car les autres élèves arrivaient déjà dans la salle. Ils étaient tous très différents, c'était la première fois que j'avais l'occasion de rencontrer d'autres adolescents atypiques. Certains discutaient entre eux, mais la plupart s'assirent silencieusement à leurs places. Une fois tout le monde installé, le professeur commença : "Avant d'entamer notre journée, laissez-moi vous présenter Tom, notre nouvel élève. Je vous demande de l'accueillir avec la plus grande des bienveillances, il n'a pas eu un parcours très facile. Pour ma part, je suis le professeur Kerrier. Il nous reste encore 6 mois avant de terminer l'année.

Mettons-nous au travail." Sur ces mots, nous commençâmes à étudier. C'était radicalement différent de ce que j'avais connu dans la tour de conservation. Monsieur Kerrier était véritablement gentil, il cherchait à nous tirer vers le haut. Durant la première pause de la journée que marquait la pendule disposée en haut du tableau, à dix heures, je fis la connaissance de l'un de mes camarades, un dénommé Hugo. Il était originaire d'un quartier reculé de la cité de Daka qui s'appelait le quartier des Lilas bleus. Il avait les cheveux bleus, comme la réceptionniste. Il portait une chemise blanche avec un veston boutonné bleu. Nous fîmes connaissance lorsqu'il décida de s'asseoir à côté de moi. Il finit par briser le silence qui nous gouvernait en me demandant :

- Bonjour Tom, je suis Hugo. T'a-t-on expliqué le fonctionnement de l'école à ton arrivée ?

Je lui répondis :

- Non, il se trouve que je ne sais pas grand-chose.

Hugo m'expliqua alors :

- Nous travaillons plusieurs matières durant l'année scolaire. Au bout de 6 mois, nous passons des examens pour tenter d'obtenir une certification. Il n'y a pas de classes en soi mais plus tu feras de semestres, plus tu augmenteras le niveau de ta certification. Si tu ne réussis pas un examen, ce n'est pas grave. Cependant, tu n'augmenteras pas ton niveau. Il te faudra le faire au prochain semestre. Au début de chaque semestre, il te faut choisir une ou plusieurs matières spécifiques parmi une centaine. Nous avons tous des matières en commun comme le français, l'anglais, l'art visuel et sonore, l'écologie et les sciences fondamentales. Pour ce qui est des matières spécifiques, elles représentent 8 heures par semaine. Rien ne t'empêche de ne sélectionner qu'une seule matière. A l'inverse, tu peux en choisir jusqu'à 4 par semestre. Voici la liste de toutes les matières dispensées.

Il me donna la liste sans fin des matières spécifiques. Je ne parvenais même pas à toutes les compter. Il y en avait pour tous les goûts. Il me donna aussi une notice explicative de l'école. L'utilité de tout cela était de nous former à de nombreux domaines pour que l'on soit les plus autonomes possible. Un enfant peut rester à l'école autant de temps qu'il le souhaite et accumuler des niveaux et des spécialités pour son certificat. Ce système me réconcilia avec l'école. Le soir, je rentrai chez Evelyn accompagné d'Hugo. Il était vraiment très sympathique. Nous nous sommes salués, puis je suis rentré dans l'appartement. Le soir, j'ai raconté toute ma journée à Evelyn qui était très contente d'avoir de bonnes nouvelles de ma part. Pour les enseignements communs, nous avions cours avec monsieur Kerrier. Pour les autres, un professeur spécialisé devait nous donner cours. En compagnie d'Evelyn, j'ai choisi mes matières spécifiques. Cela nous prit une heure. Finalement, j'avais opté pour 4 matières : Ecologie appliquée, Sciences biologiques ; Environnement et Ethologie. Voilà les matières qui m'enthousiasmaient le plus, parmi tant d'autres. Evelyn et moi discutâmes tout au long de la soirée, accompagnés par Haydn qui finit par s'assoupir. Nous éteignîmes les bougies et allâmes nous coucher. Le lendemain matin, comme la veille, je préparai à nouveau dans la salle de bain, vêtu d'une chemise blanche et d'une veste boutonnée bleue. En sortant de l'appartement, je vis Hugo qui m'attendait devant la porte d'entrée. Je dois avouer que je ne compris pas pourquoi il était là. Je n'eus point le temps d'y penser qu'il me dit vivement :

- Bonjour Tom ! Cela te dirait-il que l'on fasse la route ensemble ce matin ?

J'acceptai sans réfléchir. Hugo était très charmant, cela me faisait plaisir de passer davantage de temps en sa compagnie. Sur le chemin, il me demanda :

- Puis-je te demander d'où tu viens ?

Je répondis :

- Je viens d'une tour de conservation située à deux jours de marche d'ici. J'ai aussi séjourné quelques jours dans la cité de Singleton.

Il semblait en admiration vis-à-vis de ce voyage que je lui racontai. Il me répondit :

- J'ai grandi ici, alors je n'ai jamais pu expérimenter le voyage. Je ne suis jamais sorti des frontières de Daka.

Suite à ces mots, nous passâmes devant la statue d'Espérance. Comme hier, je m'en approchai, et je fis une révérence. Hugo sembla curieux. Je lui dis alors :

- C'était ma mère. Elle est décédée dans de terribles conditions.

Il demeura silencieux, respectant cet instant d'hommage. Nous reprîmes notre chemin. Je me rendis compte en marchant que Hugo prenait aussi beaucoup de plaisir à admirer la lumière colorée qui transperçait le dôme. Nous arrivâmes devant l'école et nos chemins se séparèrent dans le hall d'entrée. Je devais aller en cours d'écologie appliquée. Lui avait opté pour les mathématiques. Il jeta un regard complice à la femme de l'accueil. Un petit sourire s'échappa de leurs bouches. Je me fis alors la remarque : Ces deux-là se ressemblaient vraiment beaucoup. Je me dis qu'il n'était pas impossible qu'ils soient de la même famille. Il était certain qu'ils se connaissaient, du moins. J'empruntai le couloir menant à l'aile des sciences écologiques jusqu'à arriver à la salle concernée. Je m'assis et nous commençâmes le cours quelques minutes plus tard. Ce cours fut une véritable révélation. J'appris qu'il serait possible de reconstituer de la véritable vie. Ainsi, nous pourrions revoir de la verdure, des arbres, pour enfin, réintroduire des animaux. Malheureusement, si cela n'était point impossible, il s'avérait que techniquement, cela relevait du rêve. Il nous faudrait trouver une fleur très rare permettant de reconstituer un ADN. Dans l'école, les professeurs avaient archivé du patrimoine génétique dans des réfrigérateurs. Mais il leur était impossible de l'utiliser. Notre seul espoir était cette fleur presque impossible à trouver. Elle s'appelait lys d'hibiscus, voilà la seule information que nous détenions. Je sortis de ce cours avec des étoiles dans les yeux. Voilà une information qui avait ravivé ma flamme et mon espérance. L'après-midi, j'avais à étudier les langues, je retrouvai ainsi Hugo. J'eus beaucoup de mal à contenir cette information tout au long du cours ; mais je tins bon ! Je profitai de la sortie de la salle pour lui faire part de ma récente découverte. Il fut fort emballé par mes propos. Comme la veille, il m'accompagna jusqu'à chez moi. Au moment d'arriver devant l'immeuble, je me rappelai qu'il ne m'avait jamais montré où il habitait. Il avait toujours été très approximatif dans ce qu'il me disait de son chez-lui. Je lui dis alors :

- J'ai une idée. Aujourd'hui, c'est moi qui te raccompagne. Qu'en penses-tu ?

Je le vis sceptique. Sans réellement comprendre, je me dis que ses parents ne devaient pas être très enjoués de me voir. après un moment de silence et alors que je m'apprêtais à lui dire de laisser tomber cette idée, il me dit :

- D'accord ! Tu risques peut-être d'être étonné, mais il me fera plaisir de te montrer l'endroit où je vis.

Nous commençâmes notre route. La phrase qu'il avait prononcée m'avait perturbé. Je ne savais quoi penser. En quelques minutes, nous arrivâmes dans le quartier des lilas bleus. Il se trouve que c'était la première fois que je visitais ce quartier. Il faut dire qu'il était très reculé dans la cité. Il était magnifique, je retrouvais ici une grande ressemblance avec le quartier Lapis-lazuli de Singleton, la cité des lumières. C'était troublant. La luminosité était faible, laissant une douce lumière entre bleu et mauve bercer les habitations. Les bâtiments faisaient tous cinq étages et étaient reliés par des pontons de bois probablement reconstitué. On voyait les habitants se déplacer au sol comme en haut de ces constructions. Nous arrivâmes près d'une grande place ronde autour de laquelle étaient disposées des maisons de deux étages en bois reconstitué. Elles étaient charmantes. Clôturées par des barrières blanches d'un mètre de haut, elles me firent penser aux petites maisons américaines que j'avais vues dans des livres d'histoire de l'école. Nous entrâmes dans une mignonne petite ruelle. je sentais Hugo de plus en plus anxieux à l'approche des maisons du fond de celle-ci. Soudainement, il s'arrêta, regardant l'une d'entre elles, particulièrement négligée. Il me dit alors avec un air contrit :

- C'est ici.

Il ouvrit la porte. L'intérieur n'était pas plus soigné. Je n'avais jamais vu un lieu si délabré. Voilà ce qu'il n'osait pas m'avouer. Il devait avoir très peur de ma réaction. Je lui dis alors :

- Cet endroit est charmant comparé à celui dans lequel je vivais avec Jessie. Néanmoins, je ne souhaite à personne de vivre dans une telle précarité.

Il hocha la tête, acquiesçant à mes propos. Je demandai :

- Tu es un citoyen de Daka. Alors pourquoi ne peuvent-ils pas te faire vivre dans un endroit approprié ?

Il semblait que quelque chose m'échappait. Il répondit :

- Je suis un paria. Mes parents sont partis de la cité et m'ont laissé vivre ici sans refuge. Je n'ai pas eu l'occasion de me faire naturaliser.

Je lui proposai alors :

- Une idée me vient. Demain, allons te faire naturaliser, ensuite, nous pourrons habiter une petite maison de ce quartier. Qu'en penses-tu ?

Il demeura pensif, mais je sentis que ma proposition lui faisait plaisir. Finalement, il accepta et me remercia. Le moment de se quitter arriva. N'ayant pas envie de le laisser dans un tel endroit, je lui dit :

- Veux-tu venir dormir chez Evelyn ce soir ? Tu y seras mieux.

Je le sentis gêné d'accepter, mais aussi que ma proposition le touchait. J'ajoutai :

- Cela me ferait plaisir de t'aider à mon échelle.

Il finit par accepter. C'est alors que nous refîmes le chemin inverse vers l'appartement d'Evelyn. Une fois arrivé, Hugo fit la connaissance d'Evelyn, qui fut très heureuse d'accueillir une nouvelle personne. Le soir, nous nous réunîmes pour parler de l'existence de la lys d'hibiscus, qui serait impossible à trouver. Evelyn n'avait jamais entendu parler de cette fleur. A la table ronde du salon, nous n'eûmes pas grand-chose à dire avec le peu d'informations que nous détenions. Malgré cela, nous ne baisserions pas les bras, je sentais que Evelyn prenait

L'esprit commun

beaucoup de plaisir à recevoir Hugo, je le vis aussi
sourire et passer une agréable soirée en notre
compagnie. C'est en voyant l'état de son habitat que je
m'étais rendu compte de son triste quotidien. En le
voyant s'épanouir, j'étais heureux. Nous avions passé
une superbe soirée. Au moment d'aller nous coucher,
Hugo me remercia encore une fois. Un moment de
mélancolie s'empara de nous. Comme ma main qui
retenait Jessie en haut de la falaise, je l'empêchais de
tomber. Nous nous couchâmes et commençâmes à
dormir paisiblement. Le lendemain matin, nous nous
levâmes tôt, motivés par l'excitante journée que nous
nous apprêtions à passer. Le matin, nous assistâmes à la
naturalisation de Hugo. Je sentis une métamorphose
entre celui que j'avais côtoyé la veille et celui qu'il était
devenu après la naturalisation : un citoyen de Daka.
Nous en profitâmes pour emménager dans un nouvel
appartement situé dans le quartier des lilas bleus.
Celui-ci étant déjà meublé, nous n'eûmes pas besoin
d'aller chercher du nouveau mobilier. Avant de visiter
notre nouveau chez-nous, nous passâmes à la
bibliothèque de la cité pour en savoir plus sur la lys
d'hibiscus. Nous n'imaginions pas qu'il nous faudrait
près de cinq heures pour trouver le premier résultat. Il

s'agissait d'une encyclopédie datée de 2002. Nous découvrîmes que cette fleur était déjà très rare autrefois. Elle pouvait être trouvée dans les hautes montagnes environnant Daka et Singleton. Il nous faudrait donc sortir de la cité. En feuilletant l'encyclopédie, Hugo me dit :

- L'avantage est que dans les montagnes, nous ne risquons pas d'être victimes de pluies acides.

Un autre problème demeurait, je répondis :

- Le problème est qu'à cette altitude, le froid serait insoutenable. Il nous faudrait trouver des protections.

Notre équipe était intéressante, nous étions étonnamment très productifs et nous nous complétions grâce à nos différentes compétences. Nous empruntâmes l'encyclopédie et quittâmes la bibliothèque en direction de notre nouvel appartement. Lorsque nous arrivâmes, nous fûmes subjugués par la beauté de la façade de notre bâtiment. A l'image du quartier, cet immeuble de quatre étages, surplombé d'un pont de bois reconstitué était éclairé d'une douce lumière bleutée. Nous entrâmes. L'intérieur était spacieux. Les meubles étaient en cristal. De nombreuses bougies étaient disposées sur tout le mobilier pour nous éclairer. Nous avons passé la soirée ensemble à discuter de nos découvertes. En fin de soirée, un moment de mélancolie s'imposa. Hugo me parlait de ses parents. Nous buvions des boissons fraîches, lorsque Hugo me dit :

- Tu sais, après avoir été abandonné par mes parents, j'ai été recueilli par une famille d'accueil. Je ne m'y sentais pas à ma place. Nous voir partager un moment de complicité autour d'un verre me fait repenser à mon quotidien dans cette famille. A chaque fois que nous prenions un apéritif, j'étais le seul qu'on ne servait jamais. Sur la table, étaient disposés tous les verres de tout le monde sur un plateau. Je voyais mon père adoptif servir toute la famille, sauf moi. La coutume était de trinquer une fois que tout le monde était servi. Ils le faisaient alors sans se rendre compte que je ne l'étais pas. A chaque fois, c'était au moment de boire que les autres se rendaient compte de mon existence.

Cette histoire m'avait troublé. Je ne sus quoi lui répondre. Un ange passa. Je continuai la conversation :

-   Lorsque Jessie était plus jeune, elle était souvent courtisée par les mauvais garçons de la tour de conservation. Je sais que sa vie ne m'appartenait pas, mais j'aurais tellement aimé la protéger de ces charognards. Un jour, elle se fit violenter par l'un d'entre eux. J'osai intervenir. Je me fis tabasser. Le pire est que j'ai été puni par Madame Clower suite à cela.

Parfois, certaines situations nous déplaisent. Il est important de les voir comme des entités éphémères qui finiront toujours par s'estomper. Sur ces mots, nous décidâmes d'aller nous coucher. Nous avions chacun notre chambre. Dans mon lit, notre conversation fit je ne sais combien de tours dans ma tête. Chaque jour que je partageais avec Hugo me faisait penser le connaître davantage, seulement, c'est véritablement ce soir-là que je compris sa personnalité, ainsi que son histoire. Dans mon lit, attendant de tomber dans les bras de Morphée, mon esprit demeura tourmenté par toutes ses pensées qui ne voulaient point s'extraire de ma tête. Bien qu'Hugo fût une personne complexe, j'aimais beaucoup passer du temps en sa compagnie. Ces douces pensées me firent oublier ce qui me tourmentait. Je m'endormis paisiblement, prêt à être accueilli dans les bras chaleureux de Morphée. Le lendemain matin, nous nous levâmes tôt. Nous étions tellement excités de nos découvertes que nous ne prîmes même pas le temps de déjeuner. Nous filâmes vers l'appartement d'Evelyn qui fut fort étonnée de nous voir chez elle de si bonne heure. Telle une évidence, nous demandâmes à Evelyn de nous accompagner à l'école normale. Nous étions décidés à trouver cette fleur. Elle n'opéra pas de résistance et fut même très emballée par ce projet. Évidemment, elle était aussi inquiète, mais savait que rien n'aurait pu nous faire changer d'avis. Lorsque nous arrivâmes dans la salle F007, nous trouvâmes monsieur Kerrier et lui proposâmes notre folle idée. Je vis son visage de plus en plus étonné au fur et à mesure que nous la lui présentions. Cependant, je ne compris pas sa réaction. Il s'offusqua et refusa sèchement notre proposition. Il nous montra la porte pour nous faire quitter la pièce.

Déçus, nous décidâmes de rentrer chez Evelyn. Lorsque nous arrivâmes, nous vîmes monsieur Kerrier courir après nous. Il arriva à notre niveau et nous dit :

- Je suis désolé de vous avoir offusqués. Le proviseur était dans le couloir et entendait toute notre conversation, je me devais de refuser pour la forme. Je sais que ce que vous m'avez proposé est très dangereux.

Il se tourna alors vers moi, il ajouta :

- Seulement, ça implique de sortir de la cité ; à ma connaissance, tu es le seul à l'avoir fait.

Evelyn répondit :

- Soyez le bienvenu monsieur Kerrier dans notre folle aventure !

Sur ces mots, nous entrâmes dans l'appartement. Nous nous installâmes autour de la table ronde du salon et songeâmes à l'élaboration de notre plan. Il fallait sortir de la cité, survivre pendant près de deux jours à l'air libre, mener des recherches et rentrer. Cela paraissait mission impossible. Nous ne serions pas protégés de l'air extérieur et des pluies acides, qui devenaient de plus en plus fréquentes. A l'intérieur, Monsieur Kerrier planifiait tout notre voyage. Je fus ébaubi de son aisance à penser à une telle folie en toute sérénité. Nous peaufinâmes notre plan. Vint alors le problème des pluies acides. Monsieur Kerrier dit :

- Pour vous protéger de l'air ambiant, nous allons concevoir des combinaisons. Le problème reste les pluies acides. Il est très difficile de vous en protéger. Votre voyage devrait durer entre quatre et cinq jours. Il y aura sans doute plusieurs pluies acides.

Tout cela nous laissa bien curieux. Soudain, Hugo pensa à quelque chose :

- N'existe-t-il pas de refuges anti-pluie le long des routes goudronnées ?

Je répondis :

- Il est vrai que j'en ai remarqué plusieurs durant mon voyage avec Jessie. Cependant, il doit y avoir une dizaine de kilomètres entre chaque refuge. Cela ne nous laisse pas beaucoup de marge de manœuvre en cas de pluie. J'ai moi-même été brûlé par l'une d'entre elles lors de mon arrivée à Daka.

Evelyn ajouta :

- C'est vrai... L'avantage est qu'une fois dans les montagnes, vous n'aurez plus à vous soucier de cela. Vous serez au-dessus des nuages. Un autre problème se pose. Lorsque vous commencerez votre ascension, il ne faudra pas traverser de nuages. Ils sont aussi acides que les pluies qu'ils déversent. Le ciel devra ainsi être clair, si ce n'est pas le cas, vous devrez attendre qu'il le devienne.

Plus nous avancions, plus cette mission paraissait délicate, mais nous ne baissâmes pas les bras. Il se faisait tard. Nous allâmes nous coucher et monsieur Kerrier rentra chez lui.

L'esprit commun

Chapitre XIII : Le grand départ

Voilà près de quatre jours que nous peaufinions notre plan. A défaut d'avoir trouvé des combinaisons adaptées, monsieur Kerrier parvint à nous obtenir des masques filtrants, nous garantissant de respirer un bon air et d'écarter les risques de suffocation. Nous nous embarquâmes dans un périple dangereux sans même savoir si nous allions obtenir satisfaction dans cette montagne. Devant la grande porte d'entrée de la cité, nous fûmes près d'une centaine. Les habitants vinrent nous encourager. Pour ce qui est des pluies acides, nous décidâmes de les étudier pour mieux comprendre leurs heures d'apparition. Elles avaient surtout lieu durant la nuit et en fin d'après-midi ; mais il arrivait qu'il y en ait en pleine journée. Munis de nos sacs à dos et de nos masques filtrants, nous partîmes de la cité, l'âme comblée d'espoir. Le chemin allait être long et périlleux. Il faut dire que nous ne savions pas les enjeux que nous allions devoir gérer. Tout en marchant le long de la route abîmée reliant Singleton à Daka, nous observâmes le dôme de la cité s'éloigner petit à petit. L'air était bien plus agréable avec les masques. L'ambiance était bon enfant. Nous passâmes devant la petite forêt carbonisée où nous avions rencontré Evelyn. Cet endroit était rempli de nostalgie, je repensai alors à Jessie, ainsi qu'au jour de notre arrivée à Daka. Evelyn se trouvait là, vêtue d'un blanc éclatant au milieu de l'obscurité. Nous continuâmes et passâmes rapidement cette forêt. Nous arrivâmes ainsi en terre inconnue. Je ne sus plus me repérer. Nous eûmes alors besoin de nous diriger grâce à la carte des environs que monsieur Kerrier avait glissée dans nos sacs. Hugo était assez doué avec les cartes, je le laissai alors diriger le convoi. Soudain, nos yeux se détournèrent de la route craquelée, voilà que nous passâmes le premier abri anti-pluie. Il nous fallut marcher près de dix kilomètres de plus avant d'en trouver un nouveau. Tous les deux, nous pensâmes la même chose. Pourvu qu'il ne pleuve pas. La météo était assez clémente ce jour-là. Quelques nuages se baladaient dans le ciel. Comme ils n'étaient pas assez épais, nous ne fûmes pas inquiets. Je pris même du plaisir à partager cette aventure avec Hugo. Il nous restait près de 100 heures de marche. Notre motivation était inébranlable.

9 heures de voyage.

Cela faisait neuf heures que nous marchions. Nous décidâmes de nous arrêter pour nous reposer sous un abri anti-pluie. Ce fut une bonne idée, la pluie ne tarda pas. Vingt minutes plus tard, elle déversait ses millions de gouttes acides sur les alentours. Elle fut si intense que nous dûmes nous déplacer au fond du refuge pour éviter les éclaboussures. Malgré cette appellation, les refuges anti-pluie n'étaient que des sortes de grands abribus en béton armé et en métal. Il n'y avait pas de porte. Ces conditions étaient très précaires. Nous cuisîmes et mangeâmes du riz. Beaucoup de riz. Épuisés de notre journée, nous nous couchâmes sans tarder et nous enveloppâmes dans nos duvets de survie.

18 heures de voyage

Le matin levé, nous partîmes sans traîner. Le temps était couvert, ce qui avait le don de nous inquiéter. Nous décidâmes de scruter l'horizon à chaque abri anti-pluie. Cette deuxième journée fut très oppressante. En fin de matinée, nous croisâmes un groupe de cinq parias qui revenaient d'une cité voisine de Singleton. Ils arrivèrent à notre niveau. Je demandai alors à la femme du devant :

- Bonjour Madame, avez-vous un endroit où loger pour ce soir ?

Elle fut apeurée. Elle regarda ses compagnons qui eurent l'air de nous approuver. Elle finit par répondre :

- Non. Nous avons tout perdu. Le dôme de notre cité est tombé. Nous n'avons pas pu le réparer à temps ; notre seule solution est la fuite.

Comme une évidence, je lui proposai :

- Continuez le long de la route. Il existe une cité qui saura vous accueillir, elle se nomme Daka. Vous ne pouvez pas la rater, vous en verrez l'immense dôme.

La femme me remercia. Le groupe continua son chemin avec un sourire discret aux lèvres. Nous n'étions pas loin d'un refuge. Pendant que nous continuions sur notre route, quelques gouttes se mirent à tomber. Cela m'étonna, nous étions en fin de matinée. Nous nous pressâmes alors d'aller nous réfugier sous l'abri. Soudain, me revint en mémoire le groupe que nous venions de croiser quelques minutes plus tôt. Nous l'avions déjà perdu de vue. Hugo se pencha en dehors du refuge et reçut une goutte sur la main droite. Je le tirai alors vers l'intérieur. Il eut très mal. Je sortis rapidement de l'eau pour rincer sa main et lui mis un bandage. La douleur subsistait toujours, mais elle devint moins intense. Soudain, nous entendîmes un bruit aigu au loin. Je me rapprochai alors de l'extérieur pour mieux voir. Je vis la femme que nous avions rencontrée plus tôt courir en direction du refuge. Elle devait être à 200 mètres. La pluie était déjà très intense, elle ne put arriver à temps et tomba au sol en criant sa douleur. Après quelques secondes, elle s'arrêta, dépassée, elle finit par rendre l'âme.

30 heures de voyage

Nos sourires s'estompèrent. Marcher était devenu automatique. Suite à cette image traumatisante de la veille, nous ne nous étions pas adressé la parole par peur de réveiller toutes ces émotions chez l'autre. Nous nous contentâmes alors de marcher droit en suivant la route goudronnée. Nous entrâmes dans un champ de quartz rose. Du sol, s'échappaient d'immenses cristaux de plusieurs mètres de haut. L'un d'entre eux faisait bien 8 mètres. C'était magnifique ! Grands et petits cristaux s'entremêlaient pour former une sorte de grande œuvre commune. Nous marchâmes au milieu de tout cela les yeux émerveillés. Comment une telle beauté pouvait-elle se former au

beau milieu d'un lieu si sordide. Le contraste entre le béton noir, chaud et la lumière pure de ces géants nous coupa le souffle. Sur le sol, je trouvai un petit quartz d'un rose pur entouré d'une fine feuille carbonisée, presque transparent tout en laissant admirer son ton rosé. Je le pris en main et le mis dans mon sac en guise de souvenir de cette étape. Je sentis Hugo totalement ébahi de cette beauté. Quant à lui, c'était la

première fois qu'il sortait au dehors de la cité de Daka et c'était aussi la première fois que le paysage n'était pas honteux. Nous reprîmes notre voyage sans tarder. Ce champ de cristal était très grand ; tellement que nous ne pûmes voir jusqu'où il s'épanouissait. Trente minutes plus tard, nous sortîmes du champ, guidés par la route goudronnée.

60 *heures de voyage*

Le voyage avait duré près de soixante heures. Nous nous reposâmes dans un autre refuge anti-pluie. Nous pûmes finalement nous reparler. Notre motivation était très grande, elle revint à nous quand nous vîmes la silhouette de la montagne au loin dans la brume. Cela voulait dire qu'elle était à quelques kilomètres. L'heure des torrents de pluie ne tarda point, elle nous empêcha de l'admirer. Nous décidâmes d'aller nous coucher. Dans son duvet, Hugo me dit :

-   Je suis content de voir que cette montagne est à deux pas.

Je répondis :

-   Moi aussi, même s'il nous faudra certainement plusieurs jours pour la grimper. Même si notre aventure était vaine, j'aurai beaucoup apprécié ce voyage avec toi.

Sur ces mots, nous commençâmes à dormir.

98 heures de voyage

Ce matin-là, nous nous levâmes en vitesse et continuâmes notre chemin. L'air était plus clair que d'habitude, nous pûmes donc admirer davantage la silhouette de la montagne. Il semblait que le bas de celle-ci était un lieu d'affluence, car nous croisâmes beaucoup de groupes de voyageurs. Certains étaient des parias et d'autres étaient probablement des habitants d'autres cités. Durant la matinée, nous croisâmes le chemin d'une jeune femme. Elle nous expliqua qu'elle s'était enfuie de sa cité. Certaines cités étaient très liberticides. Il faut dire que, dirigées par des chanceliers, elles en devenaient les victimes avec leurs habitants. Cela nous était arrivé à Singleton et cela était arrivé aussi à cette femme. Comme à l'autre groupe, je lui parlai de la cité de Daka. Je lui dis aussi d'être très prudente avec les pluies acides. Elle nous remercia et continua son chemin. En fin de matinée, nous arrivâmes en bas de la montagne qui nous parut beaucoup plus grande que lorsque nous l'avions observée au loin. L'affluence que nous remarquâmes était due à la présence d'un camp de réfugiés. Il avait été installé sous un abri anti-pluie modifié et agrandi avec des bâches de cuivre. Dans une poubelle de métal, les réfugiés avaient allumé un feu de camp improvisé. Sous cette espèce de tente, ils commerçaient de tout ce qu'ils pouvaient trouver : pierres, os, cristaux, métaux et objets en tous genres. Nous nous approchâmes d'un homme âgé pour lui demander la direction la plus rapide pour escalader la montagne. Il nous indiqua un chemin égaré qui ne figurait même pas sur notre carte en nous disant :

- C'est par ici ! Ainsi, vous arriverez en 12 heures tout au plus. Faites attention cependant, le chemin est périlleux. Nombreux sont ceux à avoir péri en tentant de monter. D'ailleurs, je ne connais personne ayant réussi à monter. Il me semble que personne n'a jamais été capable de le faire.

Soudain, un autre homme vêtu d'un long manteau noir entra dans la conversation avec ferveur :

- Oui ! Cette montagne est surnommée Némésis, la montagne de la mort. C'est du suicide de s'y aventurer. Vous devriez passer par l'autre chemin à gauche, il est bien plus sûr. Cela vous prendra environ trois jours pour y accéder.

Hugo demanda :

- Quelqu'un est-il déjà passé par là ?

L'homme devint pensif. Il répondit :

- Maintenant que tu me le demandes, je ne crois pas.

Le dilemme était de taille. Le problème est qu'il n'y avait aucune protection anti-pluie sur ces deux chemins. Nous ne pouvions pas prendre le risque de marcher trois jours de suite en priant qu'aucune pluie ne tombe. A l'inverse, le chemin dangereux nous donnait des chances d'arriver en haut. Je consultai alors Hugo :

- Je comprends que cela puisse faire peur, mais je suis convaincu qu'il serait plus prudent de prendre le chemin dangereux. Nous ne pourrions pas survivre trois jours de suite. Qu'en penses-tu ?

Il ne sut pas vraiment quoi répondre. Il se laissa un temps de réflexion. Après une minute, il répondit :

- Oui. Le problème est que nous ne sommes pas certains de trouver quelque chose en haut. Est-ce vraiment raisonnable ?

Je ne savais quoi faire. Nous nous regardâmes, et telle une évidence, sans un mot, nous nous mîmes à avancer vers le chemin de droite. Le ciel étant totalement découvert, nous ne nous fîmes pas beaucoup de soucis. Nous nous arrêtâmes devant le début du chemin, regardâmes le panneau sur lequel il était noté : "quiconque s'aventure sur les terres de Némésis devra observer sa mort." Voilà qui était rassurant. Nous nous prîmes par le bras et commençâmes à marcher sans réfléchir. Après quelques minutes, nous vîmes la première pente se dresser devant nous. Nous allions devoir escalader. Je passai alors devant. Je commençai à escalader les premiers mètres sans réelles difficultées. Hugo me suivit aisément. L'ascension dura quelques minutes et nous arrivâmes bien vite en haut de la première montée. Nous passâmes le long d'une falaise étroite. Cela me rappelait mon arrivée à Singleton. Nous avançâmes prudemment. Soudain, j'entendis un craquement. La falaise s'effrita brusquement. D'un coup, le craquement s'intensifia et Hugo tomba de la falaise. Il s'agrippa à un rocher avec sa main droite, et à moi, avec sa main gauche. Cette scène était exactement la même que celle que j'avais vécue avec Jessie. Une personne se retrouvait dans le vide, à ne dépendre que de ma force pour la sauver. Je trouvai la force en moi de ramener Hugo. Je tirai de toutes mes forces vers l'arrière. Une fois revenu, il s'effondra sur le sol. Cela nous prit dix minutes pour reprendre nos esprits. Ce qui venait de se passer me terrorisa. Je revis l'infernale chute de Jessie, je la revis tomber et disparaître dans le creux de ces falaises. Grâce à notre ange gardien, cela ne s'était point reproduit. L'ascension ne dura que quelques minutes et nous étions déjà en difficulté. Je compris soudainement pourquoi on l'avait surnommée ainsi, cette montagne. Après avoir repris nos esprits, nous continuâmes notre chemin. La suite était bien plus douce et aisée à effectuer. Le terrain était agréable ; du moins, jusqu'à la prochaine montée qui ne mit pas longtemps à se présenter. Nous nous vîmes encore escalader une petite falaise. Cette fois-ci, nous ne tombâmes point. L'ascension fut longue et périlleuse, mais nous tînmes bon. Nous commençâmes à nous habituer aux terrains abrupts. Nous remarquâmes une grande cohésion entre nous. En arrivant en haut de cette deuxième pente, j'aidai Hugo à y parvenir en le prenant par la main. Nous nous reposâmes un moment. Assis, Hugo me dit :

- Regarde là-bas. Il y a un énorme nuage qui se dirige vers nous.

Je fixai alors l'horizon avec attention. Je vis la forme allongée de ce nuage jaunâtre s'approcher de nous. Il serait à notre niveau dans une heure tout au plus. Je demandai à Hugo :

- Que faisons-nous maintenant ? Nous pourrions continuer au risque d'être pris dans ce nuage. Ou nous pourrions rester ici et trouver un abri sous les falaises.

Il était évident qu'aucune de ces deux solutions n'était idéale. Hugo me proposa de continuer notre chemin. J'acceptai. Nous nous mîmes alors à marcher toniquement et avec énergie. Nous n'avions pas une seconde à perdre. Nous passâmes devant une petite fosse dans laquelle étaient des squelettes humains. Nous nous regardâmes alors, tout en comprenant le sort qu'avaient subi ces personnes et l'épreuve que nous nous apprêtions à endurer. Nous nous mîmes alors à courir. Je vis ces centaines de personnes courir avec moi jusqu'à leur mort, poursuivies par le nuage de la sentence. Le nuage était désormais à quelques dizaines de mètres de nous. Nous sûmes soudainement que nous n'allions pas réussir à lui échapper. Le vent se mit à souffler violemment. Le nuage s'approchant, Hugo se colla contre la paroi de la falaise. Nous entendîmes un craquement et une petite partie de la falaise s'ouvrit, laissant apparaître une étroite grotte. Nous y entrâmes. Il faisait sombre. La seule chose que nous pûmes entendre était le son de l'eau qui ruisselait vers les profondeurs de la grotte. Nous vîmes la lumière s'estomper au fur et à mesure que nous avancions. Hugo me dit :

-   Ne touche pas l'eau. Je pense qu'elle vient des pluies acides.

Il est évident que je ne voulais pas savoir si son affirmation était vraie. Nous continuâmes de nous enfoncer dans l'obscurité. Le sol était très glissant, si glissant qu'Hugo manqua de trébucher. Soudain, il glissa une nouvelle fois et tomba quelques mètres plus bas. J'entendis un fort bruit d'eau. Il tomba dans un bassin entouré de piliers de pierre et de cristal. Je me mis à crier son prénom. Il me répondit dans l'eau :

-   Ne t'en fais pas. Il semblerait que cette eau ne soit pas si acide que cela.

Son sac et ses vêtements étaient trempés, mais il avait le sourire aux lèvres. Nous nous mîmes à rire. Derrière lui, il y avait une petite plage de galets volcaniques. Il y posa ses affaires. J'étais toujours debout en haut de la grotte. Il me cria :

- Allez ! Saute donc !

Je lui jetai alors mon sac pour qu'il le mette au sec et je sautai gaiement. Ma chute dura quelques longues secondes et j'atterris dans ce grand espace. Le bassin reflétait une douce lumière bleue qui illuminait timidement la grotte. L'eau était si agréable que j'avais envie de rester des heures dedans. L'eau était une ressource rarissime, alors il était bien fantastique de s'y baigner ainsi. Elle était si pure. Sur la plage de pierres, nous ôtâmes nos vêtements et allâmes nous baigner à nouveau. L'eau était si claire que nous pûmes la boire sans soucis. Hugo me dit alors :

- Nous pouvons rester ici quelques heures, le nuage prendra du temps à se dissiper.

C'est ce que nous fîmes. Après notre baignade, nous nous reposâmes sur la berge. Des heures passèrent. Je ne sus point combien. Je repensai alors à notre ascension et au fait que nous avions failli mourir.

Comment aurions-nous pu imaginer finir dans un bassin digne des plus grandes rêveries ? Mais c'est ici que nous étions pourtant. Nous décidâmes de continuer notre chemin. Nous prîmes alors nos affaires et nous nous rhabillâmes avec nos vêtements qui avaient séché sur les pierres. Le problème était que nous ne pouvions pas remonter vers l'entrée de la grotte. Nous aurions été obligés d'escalader la façade. Nous n'avions pas le matériel pour le faire et la paroi était beaucoup trop glissante. Nous décidâmes alors de suivre la voie de la grotte en continuant dans la direction de la berge. Il faisait presque totalement noir mais nous parvînmes à distinguer les reliefs rocheux. Tout en avançant dans cette espèce de tunnel, nous vîmes une lumière timide s'intensifier au fur et à mesure que nous avancions. Nous passâmes dans un tunnel sombre au bout duquel se trouvait une lumière éblouissante, presque aveuglante. Elle semblait inatteignable au loin, nous marchâmes cependant en sa direction pendant de longues minutes. Après quoi, nous vîmes cette lueur s'agrandir. C'était l'eau qui s'écoulait sous nos pieds qui nous guidait. Elle nous avait emmenés en bas de la grotte, puis elle nous emmena en haut. La lumière s'agrandit encore, nous pouvions alors distinguer une sortie. Un bruit intense et continu semblait venir de l'extérieur. C'était de l'eau qui tombait. Nous nous mîmes à marcher avec énergie, curieux de savoir ce qu'il y avait dehors. Poussés par nos pas, nous arrivâmes à la sortie. Une énorme cascade déversait son eau dans ce qui semblait être un bassin. Une autre partie tombait dans la grotte de laquelle nous venions. Nous ne vîmes pas plus loin que cette chute d'eau qui nous aveuglait. Hugo mit sa main dedans, il souria. Il me dit :

- Sens comme c'est agréable !

Je le fis aussi. Je sentis ma main glisser entre les flots de cette eau pure. Les mains dans cette cascade, nous distinguâmes une forme lumineuse qui semblait vouloir s'en échapper. Nous longeâmes alors la paroi rocheuse ovale qui contournait la cascade jusqu'à ce que nous parvînmes à nous en extraire. Nous en sortîmes. Soudain, nous fûmes sans voix. Sans voix devant un paysage. Le premier paysage de notre vie, une prairie luxuriante. Nous restâmes figés devant le plus bel endroit que nous voyions de notre vie entière. La vie que nous eûmes vécue jusqu'ici n'était qu'une fausse réalité dénuée de sens. Notre véritable essence nous vint soudain aux yeux sans que nous eûmes pu nous y préparer. Au creux d'un volcan éteint sommeillait la vie en toute modestie. Les images de la sordide tour de conservation me revinrent et défilèrent dans ma tête telles des pièces de puzzle qu'on ne pouvait assembler totalement. Pour la première fois de ma vie, je pus parler de nature autrement qu'au passé. Nous fûmes touchés par la grâce, celle qui jadis, s'épanouissait partout mais que les hommes ne voyaient point. Derrière la cascade était tout un monde sauvage. Une prairie magnifique autour de laquelle des montagnes se dressaient en véritables protecteurs de la vie. Des petits animaux gambadaient dans les hautes herbes, les fleurs poussaient en abondance, les arbres et leurs feuillages verts, éclatant de douceur, s'émancipaient de toute crainte d'être détruits, l'air était pur et doux à respirer, les papillons blancs survolaient les environs, tout était parfait. Nous ne pûmes dire un seul mot pour décrire cela. Nos yeux scintillaient sous tant de beauté et de quiétude. Qui aurait pu imaginer qu'un tel endroit puisse exister. C'était assez plausible, à vrai dire, les nuages acides ne montaient pas jusque dans cette vallée, alors la nature n'avait pas disparu. Les seuls nuages que nous vîmes étaient des nuages blancs comme neige. Ils étaient comme gelés par le ciel et déversaient quelquefois leurs pluies gelées qui finissaient par fondre au soleil et alimenter cet écosystème et cette cascade. Cascade entourée d'un petit étang auprès duquel les animaux, grands et petits, venaient s'abreuver en paix. Mon regard changea subitement. Y avait-il une place pour l'Homme ? Celui qui avait gaspillé tant de vies inutilement. Celui qui se fichait des autres et ne servait que ses propres intérêts financiers. Celui qui reproduisait toujours les erreurs du passé. Était-il possible de mettre cet endroit en péril en y introduisant l'Homme ? Je me tournai vers Hugo qui était encore ébaubi de cette scène. Je lui demandai :

- Tu penses que nous devrions partager cette découverte ?

Il demeura sceptique et me répondit :

- Une partie de moi a très envie de rentrer avec cette bonne nouvelle. Une autre est terrifiée. Je ne veux pas que nous fassions subir à cet endroit la même chose que ce que nous avons fait à la planète.

Le dilemme était de taille. Que pouvions-nous faire ? Nous nous installâmes sur l'herbe de la prairie. Nous eûmes la même idée une fois assis, nous sentîmes le sol. Il n'avait pas une odeur de brûlé, mais une douce odeur de terre saine. Je pensai qu'Evelyn aurait été folle de voir cet endroit. Nous regardâmes la cascade. Sur le sol, je vis un petit papier blanc disposé sous une pierre. Je me levai, je m'accroupis et retournai ce papier après avoir enlevé la pierre qui le maintenait au sol. Je demeurai pensif. Un humain devait être passé par là, ce qui est étrange. Sur ce papier étaient écrites de nombreuses choses, je n'eus point le temps de le lire car je reconnus immédiatement l'écriture qui la décorait. C'était celle de Jessie. Elle avait écrit : "J'ai trouvé cet endroit merveilleux mais n'ai pas eu le temps de le partager. Je ne sais pas non plus si j'en ai véritablement envie. La pluie a eu raison de moi, j'irai m'éteindre dans la montagne. Je laisse ici une pensée à mon Frère Tom, à Evelyn et à la cité de Daka." Ces mots me mirent les larmes aux yeux. Hugo vint à moi pour me consoler et prendre connaissance du contenu de ce papier. Nous restâmes et passâmes la soirée au bord de l'étang.

L'esprit commun

Chapitre XIV : La décision

Le soir, nous passâmes quelques heures au bord de l'étang à parler de l'avenir. Une certaine mélancolie s'invita tout au long de la soirée. Nous étions tous les deux d'avis de ne pas révéler la grande découverte que nous avions faite le jour même. Cependant, nous demeurâmes sceptiques. Nous, humains, avions-nous vraiment changé ? Nous nous étions écartés du système capitaliste au profit d'un autre plus juste, plus humain, plaçant les intérêts de la vie au-dessus de tout le reste. Evidemment, nous n'avions pas d'autre choix possible. Les ressources de valeur n'existaient presque plus car quasi totalement épuisées. L'idée de détruire cet endroit me terrifiait, bien que nous eussions confiance en les habitants de Daka. Chaque année, quelques habitants quittaient Daka, ces personnes auraient partagé cette découverte à d'autres. Toutes mes pensées se mêlaient dans ma tête et je ne savais ni quoi faire, ni quoi en conclure. Dans ce silence, Hugo me dit :

-   Il n'y a qu'un voleur pour considérer ce qui ne lui appartient pas comme sien. C'est un terrible fardeau que nous subissons là.

Il avait raison, j'aurais voulu ne jamais découvrir cet endroit. Je regardai les animaux gambader sans crainte de l'Homme, je vis les abeilles butiner les fleurs, les oiseaux chanter en toute liberté ; et cette cascade, cette cascade des mille bonheurs. Je ne pouvais prendre le risque de la voir disparaître comme nous avions vu la Terre s'atrophier jusqu'à en mourir. Telle une évidence, nous décidâmes de garder cet endroit secret. Je dis alors à Hugo :

-   Passons alors la nuit ici. Demain matin, nous rentrerons chez nous, à Daka. Je vais néanmoins chercher cette fleur que nous devions ramener.

Hugo resta assis dans l'herbe à profiter de l'environnement. Je me levai et allai dans les bois pour trouver la lys d'hibiscus. Dans la forêt, la lumière était déclinante. Je marchai le long des troncs des chênes et des bouleaux. J'entendis soudain un bruit d'abord crispant. Il s'intensifia, je pus l'écouter avec plus d'attention. C'était un "Ssss" venant du sol comblé de plantes et de fougères. Un petit serpent vert sortit de l'une d'entre elles. Il semblait inoffensif alors je lui tendis ma main. Il s'en approcha et monta dessus. Il s'enroula autour de ma main comme pour l'envelopper tendrement. Il avait une petite tête vert et noir. Il enroula sa queue autour de mon bras et se mit à dormir sur ma main. Je continuai alors à marcher avec un nouveau   compagnon.

J'avais dans ma veste, une image représentant cette lys d'hibiscus. Je ne parvenais pas à la trouver. C'est finalement au travers d'une paroi étroite, cachant un petit cours d'eau, que j'aperçus une fleur semblable. Blanche comme neige. Éclatante de beauté, vivante de quiétude. Je m'approchai alors de cette petite rivière délimitant la frontière entre la prairie et une plage de galets blancs. Au début, je ne vis que les éclats rayonnants de lune de cette fleur qui dansait dans le vent délicat. Derrière cette rivière et cette petite plage de galets était une colline parsemée de hautes herbes

humides. J'eus envie de m'étendre dans ce lit et de regarder le ciel et ses étoiles. La lune berçait tout cela de sa douce lumière blanche. Lorsque je m'approchai, j'eus la certitude que cette merveilleuse petite fleur était bien une lys d'hibiscus. Je posai le serpent qui était toujours autour de mon bras sur le sol. Il se balada sur les galets, heureux. Je me dis qu'Haydn aurait adoré cet endroit. J'arrivai près de cette fleur envoûtante que la lune reflétait. Avant de la cueillir, je traversai la rivière qui ne faisait que trois ou quatre mètres de large. Je montai sur la colline et m'allongeai sur ses herbes confortables qui me soutinrent délicatement. Je fixai alors la pleine lune. L'air était pur et doux. Il faisait bon. Les chants des oiseaux et des grillons me bercèrent telle la comptine d'une maman. Je vis le tapis d'étoiles qui parsemait le ciel et distinguai l'étoile du berger qui brillait au loin. Ce moment demeura le plus paisible de ma vie. J'avais envie de le faire durer le plus longtemps possible. Hugo ne tarda pas, ne me voyant pas rentrer à ses côtés, il arriva, traversa la rivière et se coucha à côté de moi. Dans ce petit paradis, il trouva aussi un nid douillet. Il me dit :

- Quel endroit magnifique. Jamais je n'aurais imaginé qu'une telle merveille pouvait exister. C'est la première fois que je vois les étoiles.

Je ne les avais pas beaucoup vues non plus. Le dôme de la cité laissait passer la lumière bleutée du soir, mais nous ne pouvions distinguer les étoiles dans la nuit. Je répondis :

- Oui. C'est vraiment magnifique. Demain, nous devrons quitter cet endroit et retourner dans la cité de Daka. Le plus dur sera de garder le secret.

Il est vrai que cela nous attristait. Dire que nous allions retourner à notre vie qui paraissait si paisible, mais qui soudainement se vit perturbée. Nous n'allions plus jamais voir notre cité de la même façon. Dans l'herbe, j'entendis à nouveau le "Sss" de mon nouveau compagnon. Le petit serpent vint sur ma main et remonta jusqu'à mon bras autour duquel il s'enroula. Il se mit à dormir. Dans ce petit coin de paradis, sur cette colline du rêve, nous nous assoupîmes aussi. La nuit passa, nous fûmes bercés par les vagues des hautes herbes qui s'enlacèrent au rythme du vent. Leurs doux sons, tels les clapotis des vagues de l'océan, nous accompagnèrent toute la nuit durant. Les oiseaux se mirent à dormir. Un grand silence s'empara des environs, ne laissant place qu'à de rares échos provenant des quelques grillons qui ne dormaient point. Nous étions bien loin des malheurs du monde. Le lendemain matin, la douce lumière du soleil levant nous réveilla tendrement. Sans parler, nous prîmes nos affaires, cueillîmes la lys d'hibiscus et entamâmes le chemin du retour. Nous ne rentrerions pas les mains vides. Nous avions la lys d'hibiscus et un nouveau compagnon. Le chemin du retour fut long et ennuyeux. Nous recroisâmes les mêmes endroits qu'à l'aller. Nous avions quitté notre paradis pour retrouver un monde sordide et dépourvu de vie. Un monde mort. Les jours passèrent, nous repassâmes devant les mêmes paysages morts, à éviter les pluies acides. Nous croisâmes le chemin de Singleton et vîmes enfin le reflet lointain du dôme de la cité de Daka. Après quatre jours de marche, nous arrivâmes enfin non loin de l'entrée de la cité. Personne ne nous attendait devant. Ce n'était pas étonnant, les gens n'étaient pas censés savoir à quelle heure, ni même quel jour nous allions rentrer. Lorsque nous nous approchâmes de la porte et que nous entrâmes, nous eûmes une vision inattendue. Il n'y avait personne dans la cité et une partie du dôme était fissurée. A l'intérieur, la lumière avait changé radicalement. D'un rose matinal, nous étions passés à un blanc lunaire et angoissant. Il n'y avait personne. Pas un chat. La fissure du dôme s'étendait tellement que nous ne vîmes même pas où elle s'arrêtait. Cette vision était horrifique, les rues étaient saccagées, les lumières toutes éteintes. Il n'y avait plus de vie. Hugo me dit, apeuré :

- Que s'est-il passé ici ? Peut-être devrions-nous aller à l'appartement d'Evelyn.

J'acquiesçai et nous marchâmes alors en direction de l'immeuble. Des feuilles de la bibliothèque se baladaient et volaient dans les rues de la cité. Nous passâmes devant un chariot renversé, contenant des fruits et des légumes pourris. Cette vision était irréaliste. Comme si une bombe nucléaire s'était abattue sur la cité. Certains bâtiments étaient fissurés, voire partiellement détruits. Lorsque nous arrivâmes devant l'appartement, nous ne vîmes qu'une seule vitre timidement éclairée ; c'était celle d'Evelyn. Nous entrâmes dans l'immeuble et empruntâmes les escaliers car l'ascenseur ne fonctionnait plus. Nous arrivâmes complètement essoufflés par notre ascension. La porte de l'appartement était entrouverte. Nous vîmes Evelyn avachie sur la table du salon sur laquelle étaient posées quelques bougies blanches. Evelyn fut très étonnée de nous voir. Elle nous dit :

- Voilà maintenant quatre jours que je vous attends. Je ne pouvais pas partir sans vous.

Nous ne comprenions pas la situation. Je demandai :

- Evelyn, que s'est-il passé ici ?

Elle fit un temps de silence, puis elle répondit :

- Ils ont tout détruit.

Hugo la coupa en lui demandant :

- Qui sont-ils ? De qui parles-tu ?

Elle répondit :

- Les habitants. Ils sont devenus fous. Ils pensaient que vous ne reviendriez jamais et qu'on avait inutilement mis en danger des adolescents. Ils nous ont traités d'inconscients. La cité s'est alors divisée en deux camps différents. D'un côté, ceux qui croyaient en vous, de l'autre, ceux qui voulaient nous faire condamner. Les tensions étaient si violentes que le conflit a fini en guerre civile. Les habitants ont brisé le dôme et ont tout saccagé le temps d'une journée. Ils sont tous partis à Singleton il y a quatre jours.

Nous nous assîmes autour de la table. Hugo répondit :

- Tout cela ne se serait pas produit si nous étions rentrés plus tôt.

Evelyn le coupa, affirmant :

- Non, tu te trompes. Ce conflit allait se produire de toute façon. Si les gens ne sont pas capables de régler un différend autrement qu'avec les armes, ils ne sont pas dignes d'Espérance et de la cité de Daka. Vous savez, autrefois, les gens réglaient leurs problèmes avec l'argent, ou avec la guerre. L'argent n'existant plus à Daka, leur être primitif a pris le dessus sur leur raison. J'ai été si idiote de croire que la paix puisse être durable.

J'ajoutai :

-   S'ils pensent trouver un refuge à Singleton, ils
    vont être déçus.

Je pris mon sac à dos, sortis la lys d'hibiscus et la posai
sur la table. Evelyn me regarda. Elle passa d'une tristesse
profonde à une admiration. Elle nous dit :

-   Vous l'avez trouvée ! Oh, comme je suis contente.
    Bravo les garçons.

Je répondis :

-   Mais, nous avons trouvé bien mieux que cette
    fleur. Un véritable paradis sommeille dans la
    montagne. Et nous savons comment y aller.

Et dans ce lieu sordide, je vis un sourire émaner du
visage d'Evelyn. J'ajoutai :

-   Ça te dirait d'y aller ?

Elle se leva, comblée de joie. Nous prîmes les affaires les
plus importantes et quittâmes l'appartement. Nous

passâmes dans les ruelles délabrées de la cité qui n'avait eu besoin que de quatre jours pour se voir détruite de l'intérieur. Nous allâmes une dernière fois voir la statue d'Espérance pour nous recueillir. Me vint alors cette question :

-   Mais où est Haydn ?

Evelyn répondit :

-   Je l'ai vu sortir de l'appartement ce matin. C'est pour ça que j'avais laissé la porte ouverte, au cas où il reviendrait.

Soudain, nous entendîmes un bruit au loin, dans une rue adjacente. Nous vîmes Haydn courir vers nous. Il nous avait entendus parler. Cela faisait près de dix jours que je ne l'avais pas vu. Il sauta dans mes bras pour me câliner. Nous sortîmes de la place centrale, marchâmes jusqu'à la l'entrée de la cité, et quittâmes Daka pour toujours. C'est ainsi que devait être notre avenir, non comme nous l'avions envisagé. Nous avions à vivre dans cette montagne, dans ce petit coin de paradis pour être enfin en paix avec nous-même.

Chapitre XV : Une nouvelle vie
Chapitre final : Six mois plus tard

Ce matin, le ciel s'est levé avant le soleil, ce soir, il se couchera après moi. Il se relèvera demain, traversera le ciel pareil. Il redescendra le soir même, juste après moi. Aujourd'hui, j'ai la certitude qu'il se relèvera de nouveau. Je sais que je suis à ma place, avec Evelyn, Hugo et Haydn. Sans oublier notre nouveau compagnon que nous avons baptisé Saladin le serpent. Nous profitons d'un bel après-midi pour nous baigner dans l'étang, près de la cascade. Ce moment me fait penser à notre arrivée avec Evelyn. Ce jour-là, nous dûmes repasser par la même grotte dans la montagne. Elle fut complètement émerveillée. Je la vis subjuguée par cette nature. Après six mois passés ici, nous nous sommes façonné une certaine routine. Nous avons limité notre espace de vie pour ne pas empiéter sur celui des autres animaux. Durant les trois premiers mois, nous avons travaillé dur pour construire un collecteur d'eau et pour colmater la brèche de la falaise, nous ayant permis d'arriver jusqu'ici. Bien que nous ayons une belle vie, nous avons laissé derrière nous l'espoir d'un monde dans lequel l'homme serait modéré, en paix avec lui-même et son environnement. Nous avons abandonné l'humanité d'une certaine façon ; de la même manière qu'elle nous a trahis et délaissés. Peut-être qu'un jour, nous nous réconcilierons avec elle. Peut-être un jour. Quoi qu'il en soit, nous avons trouvé la paix. Une paix certainement temporaire, mais elle demeure. C'est bien ainsi. Quel que soit l'avenir de ce monde, nous pourrons être en sécurité. A l'abri des folies humaines et des cités liberticides. A l'abri du plus grand fardeau. A l'abri de la plus grande menace que la Terre ait connue : L'Homme.

Fin

L'esprit commun

Autres livres de l'auteur

L'éducation du chien : De l'éthologie à l'éducation

Genre : Livre pratique

Les maux qui m'ont sauvé

Genre : poésie

Biographie

Guillaume Sourisseau, poète, écrivain, compositeur, musicien et éducateur comportementaliste canin est né le 30 septembre 2002. Très tôt, il s'intéresse à l'art sous toutes ses formes, se spécialisant dans la musique, la poésie et les sciences comportementales. Alors qu'il est encore au milieu de son cursus secondaire, il explore de nombreux répertoires musicaux, partant des arie antiche baroques, passant par la musique de la période classique avec les nombreuses sonates de Mozart et de Beethoven, jusqu'à la musique populaire, composant ses premières chansons. Il se lance rapidement dans le domaine de la composition pianistique et de la poésie, rédigeant sa première poésie classique : *Douce flamme de cire*. Tenu à son inspiration comme à un cheval énergique qui le fait avancer, il réunit très vite une centaine de ses poèmes pour les glisser dans son tout premier ouvrage, un recueil poétique : *Les maux qui m'ont sauvé*. Continuant très vite dans cette voie, il commence l'écriture de son premier roman (*L'esprit commun*) dans le courant de l'année 2019. En été 2021, il décide de suivre deux cursus de 2 mois de formation intensives pour se spécialiser dans le domaine de l'éducation et du comportementalisme canin. Il devient alors professionnel, travaillant en rééducation et en éducation avec des chiens mal élevés, violents ou comportant des problèmes d'ordre psychologique. Quelques mois plus tard, il en profite pour sortir un ouvrage nommé : *L'éducation du chien, de l'éthologie à l'éducation*. Dans ce livre, l'auteur traite du domaine de l'éthologie canine, des sciences comportementales, de l'éducation du chien et des apprentissages fondamentaux. Il accorde également une grande importance au démantèlement des nombreuses idées reçues qui concernent le canidé.

Thèmes récurrents

Pour ce qui est de ses thèmes, que cela soit dans ses poésies ou dans ses histoires, Guillaume Sourisseau aborde souvent le thème de l'adolescence, du harcèlement scolaire et cyber, du mal être et des questions que se posent les adolescents. Dans *Les maux qui m'ont sauvé*, il insiste sur le harcèlement scolaire qu'il a subi des années durant, rendant les graves conséquences de ces années poétiques, s'inspirant de la thématique de "*l'or et la boue*". Dans ses poésies, certaines images parlantes reviennent souvent : l'eau, la pluie, les fleurs, le temps qui passe, la solitude, la glace, le verre, la neige, etc. Les synesthésies sont aussi au rendez-vous. L'auteur accorde une grande importance aux émotions que ressent le lecteur, il s'attarde ainsi sur les sons, les odeurs et les descriptions visuelles.

Extraits

L'éducation du chien, de l'éthologie à l'éducation : Préface.

"Le chien n'est aujourd'hui plus qu'une manne financière, tout comme l'éducation canine. Nous nous retrouvons dans un monde où n'importe qui peut s'autoproclamer "éducateur canin" sans la moindre compétence, notamment dans les structures associatives, très peu regardantes sur les qualifications (ou plutôt non qualifications) de ses "éducateurs". Dans le monde de l'entreprise aussi, je constate encore beaucoup trop de dérives... La loi n'exigeant qu'une simple formation de deux jours (ACACED), ne portant que sur les questions de l'alimentation, la reproduction, le transport, la législation, le droit, le logement et la santé. Mais ne traitant pas des questions de l'éthologie canine et d'éducation, se contentant parfois d'une petite partie dédiée au comportement, bien souvent remplie d'idées reçues et de fausses informations. Ces éducateurs en herbe sont ensuite lâchés dans la nature sans la moindre compétence ou formation dans le domaine de l'éducation canine. Travaillant ensuite en structure associative ou en entreprise pour conseiller les maîtres, n'ayant comme outils, que leurs croyances. C'est alors que je me retrouve en séance de rééducation, avec des clients à bout de nerf, parfois en larmes, après avoir suivi les conseils de l'un de ces éducateurs en herbe, ayant engendré de graves troubles comportementaux à leur animal, devenu parfois dangereux, catégorisé, ou avec un seuil de dangerosité. Je citerai alors le cas de Valérie, une cliente dépassée par son malinois, dont le niveau de dangerosité avait été estimé à 3/4 par son vétérinaire suite à une morsure grave. Elle avait suivi les conseils d'un "éducateur" qui lui avait conseillé d'utiliser un collier étrangleur pour éduquer son chien à la marche en laisse. L'utilisation de ce type de matériel est illégale, elle est une forme de maltraitance, responsable des troubles comportementaux, et de l'agressivité de son malinois. Les enjeux de l'éducation canine sont majeurs ! On ne peut pas s'amuser à jouer l'éducateur, car en voici les conséquences.

Il est alors excessivement compliqué de trouver un éducateur canin digne de ce nom. La seule solution est de vérifier que votre éducateur soit formé."

L'esprit commun

Les maux qui m'ont sauvé : la rivière

Au bord d'une rivière,
Sommeille un cerisier.
Bien non loin des ravières,
Caché des alisiers.

Ses roses fleurs bourgeonnent,
Son coeur vit dévoilé.
Une branche frissonne,
Asymétrie toilée.

Dans ce lieu bien caché,
Il s'habille de choses.
Au son des petits flots,
Il s'empare des roses.

Un moulin tourne au loin,
Il regarde la chose,
Regretté dans son foin,
Si loin, il ne s'expose.

Le ciel demeure vivace,
Comme peint du soleil.
La rivière l'enlace,
Elle s'en émerveille.

Une goutte rouge tombe,
Ternit ce paradis.
Las, Goutte de sang incombe,
Hélas, elle s'enfuit.

Une autre suit la première,
Aux couleurs de cerise,
Elle s'en va sur la trémière,
Emportée par la bise.

Sur l'arbre sommeille un fruit,
Angoisse au coeur de vie,
Bien accroché, il pourrit.
Sang qu'il déverse, infini.

Un homme tremble attaché là,
Deux trous rouges au côté droit,
Las, suffocation funeste,
Mare dans la pitié céleste.

Au creux d'une verdure,
L'horreur gronde sa haine,
Sommeil d'une ordure,
Fin d'un moment de peine.

Il a du sang sur les bras,
Vestiges d'une haine passée.
C'est en paix qu'il s'en va,
Sa vie se voit délaissée.

25/02/2022

Manufactured by Amazon.ca
Bolton, ON

34661573R00129